Mellie Eliel

Série

Les péripéties de Sila

Tome 1

La conquête des mondes

Roman

Mellie Eliel

© 2024 Mellie Eliel, Tous droits réservés

ISBN : 978-2-3224-7866-8

Date de parution : nov.2024

Dépôt légal : Octobre 2024

Édition : BoD · Books on Demand GmbH, In de Tarpen 42, 22848 Norderstedt (Allemagne)
Impression : Libri Plureos GmbH, Friedensallee 273, 22763 Hamburg (Allemagne)

Le code de la propriété intellectuelle n'autorisant aux termes des paragraphes 2 et 3 de l'article L.122-5, d'une part, que les copies ou reproductions strictement réservées à l'usage privé du copiste et non destinées à une utilisation collective et, d'autre part, sous réserve du nom de l'auteur et de la source, que les analyses et les courtes citations justifiées par le caractère critique, polémique, pédagogique, scientifique ou d'information, toute représentation ou reproduction intégrale ou partielle, faite sans le consentement de l'auteur ou de ses ayants droit ou ayants cause, est illicite (article L.122-4). Cette représentation ou reproduction, par quelque procédé que ce soit, constituerait donc une contrefaçon sanctionnée par les articles L.335-2 et suivants du Code de la propriété intellectuelle.

1

Je rencontrais Boucleton pour la première fois, dans la nuit, j'étais allée dans le jardin pour prendre l'air, ne sachant pas ni qui il était, ni d'où il venait. C'est là que je l'avais remarqué, il volait bas. Il me vit et se posa sur mon épaule en me disant : « Hé, que fais-tu là à une heure aussi tardive ? »

J'avais alors une dizaine d'années, je lui répondais alors : « Je me suis réveillée en sursaut et ne parvenant plus à me rendormir, je suis sortie un peu. Et toi, tu fais quoi ? »

Boucleton : Je pars de chez moi, je pars en initiation pour une année.

Sila : Ça veut dire quoi ? D'où viens-tu ? De quel monde ?

Boucleton : Que je suis assez grand pour apprendre à devenir un véritable arc-en-rêves et je vis au-dessus de ton monde, la Terre. Nous sommes alignés sur votre planète, ainsi que d'autres dont le Royaume des neiges.

Sila : C'est quoi un arc-en-rêves ? Je n'ai jamais entendu ça, je connais seulement les arcs-en-ciel. Le Royaume des neiges ? Mais qu'est-ce que c'est ? Serait-ce en lien avec le Père Noël ?

Boucleton : C'est normal, tu n'aurais pas dû te trouver là. En fait, j'appartiens à une famille qui, de générations en générations pratique ce métier. Et concernant, le Royaume des neiges, oui il est aussi en lien avec le Père Noël.

Sila : Quel métier fais-tu ? Waouh ! Je n'en reviens pas de ce que tu m'expliques là !

Boucleton : Celui d'arc-en-rêves.

Sila : Et ça consiste en quoi ?

Boucleton : Nous aidons les humains à s'endormir et à rêver.

Sila : Alors pourquoi je me suis réveillée ?

Boucleton : Parce mon père Boucletus est tombé malade et il ne peut plus honorer ses obligations.

Sila : Je suis désolée pour lui. J'espère qu'il guérira vite. Tu as d'autres frères et sœurs qui sont aussi arc-en-rêves ?

Boucleton : C'est gentil à toi. Oui, je suis le dernier de la fratrie, nous sommes nombreux dans notre famille mais pas assez, semble-t-il, vu que j'ai été envoyé en voyage initiatique aujourd'hui, alors que ce n'était prévu que pour l'année prochaine. Serais-tu intéressée de m'accompagner dans mon initiation ?

Sila : Est-ce que c'est possible ?

Boucleton : Je ne sais pas mais cela me plairait bien.

Sila : Dans ce cas, d'accord. De toute façon, si je quitte la maison, personne ne le remarquera.

Boucleton : Je connais ton histoire, nous connaissons la vie de tous nos dormeurs. Un jour, cette famille d'accueil chez qui tu loges, se rendra compte de ta valeur, et s'ils venaient à ne jamais y repenser, alors ils auraient perdu énormément et ce serait tant pis pour eux. C'est qu'ils ne te méritaient pas et qu'un destin t'attendait ailleurs.

Sila écarquillait ses yeux. Elle était fascinée par ce dernier. Il apparaissait sous la forme d'un arc transparent qui était capable de changer de couleur dès qu'il envoyait un rêve à quelqu'un. Il avait des bras et même des jambes rattachées sous lui qui lui permettait, s'il le désirait de marcher comme les humains. Et ce qu'il disait à son sujet, la laissait muette. Certes, elle était malheureuse dans sa vie, elle avait été abandonnée par ses parents et s'était retrouvée orpheline et transférer de foyers en foyers, de familles d'accueil en familles d'accueil, aucun de ces endroits n'avaient été bons pour elle. Ils l'humiliaient régulièrement, ils la maltraitaient, la battaient, la privaient de repas. Rare étaient les fois où elle s'était sentie à sa place. Alors l'idée de quitter cet endroit, lui faisait l'effet d'un choc. Mais elle savait déjà que de rater une occasion comme celle-ci, elle le regretterait toute sa vie. Pour une fois, c'était elle qui vivrait une aventure fantastique, pas seulement au travers des livres qu'elle lisait en cachette. Elle avait besoin de se reconstruire, elle, qui avait accumulée tout un tas de traumatismes différents.

Elle était perdu dans ses pensées et se rendit compte que Boucleton lui parlait toujours, il dû répéter à trois reprises : "Eh oh tu m'entends ?"

Sila finit par lui dire : "Oui, je t'écoute maintenant, pardonne-moi, j'étais ailleurs."

Boucleton : Je m'en suis rendu compte, je te disais que jusque-là, j'ai pu envoyer quelques rêves à des enfants mais rien d'extraordinaire."

Sila mit le doigt sur un point important : « Dis-moi, c'est vous qui êtes à l'origine des cauchemars ? »

Boucleton : Non, il s'agit de Spectro.

Sila : Qui ça ? Qui est Spectro ? Il a un nom horrible.

Boucleton : Oui tu as raison, mais chut, il vaut mieux éviter de parler de lui. Je ne voudrais pas qu'il me mette des bâtons dans les roues pour mon initiation. J'espère vraiment que je n'aurais pas affaire à lui.

Sila se pinça les lèvres, elle avait encore mille questions mais elle les poserais dès que l'occasion se présenterait. Il lui dit : « Bon, tu viens ou non finalement ? »

Sila : Oui, mais comment allons-nous partir et comment pourrais-je continuer à manger ?

Boucleton : Ne t'inquiète pas pour ça. Je te ferais découvrir des mets dont tu ne soupçonnes même pas l'existence !

Il lui sourit. Elle hocha la tête et grimpa sur son dos. Elle lui dit : « Et si j'ai froid ? Ou s'il pleut ? »

Boucleton : J'ai tout ce qu'il faut, aie confiance !

Sila ne répondit rien, elle s'installa et vit des petits bords se relevaient pour ne pas qu'elle tombe, elle put à loisir y passer ses jambes qui flottèrent dans l'air. Elle s'accrocha dessus et il prit de la hauteur assez rapidement.

2

Sila découvrait sa ville et son monde depuis les airs, elle regardait tout d'un côté puis de l'autre. C'était si beau, si calme, si lumineux. Ils s'éloignèrent et montèrent encore plus haut dans les étoiles. Après un moment, Boucleton lui dit : « Ça va tout va bien ? »

Sila : Oui, super ! C'était incroyable tout à l'heure.

Boucleton : J'ai quelque chose à te dire d'important.

Sila : Oui, je t'écoute.

Boucleton : En fait, chacun de nous est rattaché à un petit dormeur dans ton monde et ma dormeuse était toi.

Sila : Attends, je ne comprends pas.

Boucleton : En fait, nous sommes liés avec les humains pour leur permettre de s'endormir dans les meilleures conditions et qu'ils fassent de beaux rêves, pour que cela soit plus facile pour nous de les aider, mes ancêtres ont mis en place une règle très importante, le fait de se lier à un humain pour lui faciliter ses nuits. Ainsi, nous agissons pour tous mais attachons un intérêt plus poussé pour celui ou celle avec qui nous avons ce lien. Pour moi, c'est toi Sila.

Sila n'en revenait pas, elle ajouta : « Mais qu'est-ce que je suis censée faire ? »

Boucleton : Rien du tout, enfin si, tu peux m'aider dans ma quête, tu peux m'expliquer votre manière de vous endormir pour que je m'adapte en fonction des cas.

Sila, l'air choquée lui dit : « Oh mais ce n'est pas possible, parce qu'il y a autant de façon de s'endormir qu'il y a de population. Et en plus, il y a une différence super importante entre les enfants et les adultes. Eux, ils se couchent souvent beaucoup plus tard, ils veillent, ils regardent la télévision, ils travaillent sur leur ordinateur, ils surfent sur les réseaux sociaux, ils sont en soirée, ils boivent et mangent tard, bref il y a tout pleins de cas de figure. Et pour les enfants, c'est pareil. Donc, je ne vais pas pouvoir t'aider. Je suis désolée.

Boucleton : Je ne pensais pas que c'était comme ça. Je me demande comment faisait mes parents et tous mes ancêtres.

Sila : Et si tu te concentrais uniquement sur les enfants ? Et les adultes n'agiraient que sur les grands ? En attendant que tu deviennes toi-même un adulte responsable ?

Boucleton : Ça m'arrangerait bien.

Sila : Est-ce que tes ancêtres vivent toujours ?

Boucleton : Oui, mais ils sont à la retraite depuis longtemps. Ils se reposent dans un lieu que l'on nomme Loisiréum. C'est le lieu de retraite dédié aux membres de ma famille. Ils sont très nombreux et je n'y suis jamais allé.

Sila : Pourquoi ? Ils ne te manquent pas ?

Boucleton : Je ne les connais pas, donc non. Mais j'entends parler d'eux depuis ma naissance et je n'ai jamais eu l'occasion de les rencontrer. C'est un peu frustrant.

Sila : Je comprends, peut-être qu'un jour, tu le pourras. Et du coup, c'est eux qui ont instauré ce lien avec les humains ?

Boucleton : Oui.

Sila : Mais quel est l'intérêt ?

Boucleton : Vous autres, humains, vous nous renforcez. Par vos idées et vos réactions. Chaque nouvel être humain qui nait, apporte avec lui tout un tas de particularités qui nous définissent aussi et nous nous relions aux humains qui nous ressemblent, et dans mon cas, il s'agit de toi.

Sila : Ah, donc toi et moi on est un peu comme frère et sœur ?

Boucleton : Oui, en gros. On forme une équipe et on agit ensemble.

Sila : Mais est-ce que tous les humains sont au courant de votre existence du coup ?

Boucleton : Non, tout se fait à leur insu. Nous autres savons que nous sommes reliés à ces derniers et nous nous calquons naturellement sur eux, puisque nous sommes pareils de notre côté, ce qui nous aident pour faire notre travail.

Sila : Donc si je comprends bien, je suis la seule à rencontrer l'un d'entre vous ?

Boucleton : Oui, à moins que l'on ne m'ai pas tout raconté.

Sila : Je suis très honorée ! Merci de m'avoir proposé ce voyage.

Boucleton : Avec grand plaisir.

Sila : Sais-tu ce que tu dois faire ? Et où tu dois te rendre ?

Boucleton : Oui, j'ai un itinéraire à respecter. Tu trouveras le plan en dessous de ta jambe droite, sur le rebord. Je n'avais pas le droit de le découvrir avant.

Sila le chercha un moment puis finit par le trouver, elle le déplia et tenta de le lire.

3

Elle le lut mais n'y trouva rien. Elle lui dit : « Tu te trompes Boucleton, il n'y a rien d'indiquer sur ta feuille. »

Boucleton : Hein ? Mais ce n'est pas possible, tu ne dois pas avoir vu.

Sila : Toujours agréable de s'entendre dire que l'on ne sait pas lire. Si ça commence comme ça, c'est inutile de continuer. Je préfère rentrer chez moi, dans cette maison où il y a plus d'enfants que de places et où les « parents » nous maltraitent et nous privent de nourriture régulièrement.

Boucleton se reprit : « Ne dis pas de sottises, je me suis un peu emporté, je n'aurais pas dû, je suis désolé. Regrettes-tu d'être ici ? »

Sila ne répondit rien, elle était triste, elle boudait. Il soupira et lui dit : « Je me reconnais en toi, quelqu'un m'aurait fait la même réflexion, j'aurais réagi pareil, je suis vraiment désolé. »

Sila ne répondit rien, elle était décidée à faire la tête. Elle avait l'habitude qu'on lui parle mal, qu'on la rabaisse, qu'on ne l'écoute pas, qu'on se moque d'elle mais avec Boucleton, elle pensait vraiment que ce serait différent. Et elle s'était trompée, elle ne lui pardonnerait pas de sitôt.

Ce dernier comprit qu'il n'obtiendrait pas de réponses alors il n'insista pas. Il attrapa le document, le lit et s'exclama à haute voix : « En fait, c'est normal que tu n'es pas pu le lire, c'est écrit en codé, j'ai gratté le papier et les consignes sont inscrites dessus. »

Il prit quand même la peine de lire rapidement et il trembla, ce qui fit bouger Sila de sa place. Elle passa par-dessus bord et hurla, il s'en rendit compte et la rattrapa in extremis au vol avant qu'elle ne s'écrase.

Sila lui hurla dessus : « Mais qu'est-ce qui t'a pris ? Tu es complètement fou ou quoi ? J'ai failli me tuer ! »

Boucleton : Je suis désolé, c'est ce que j'ai lu qui m'a fait trembler, je ne savais pas que tu passerais par-dessus bord. Cela ne se reproduira plus, c'est promis.

Sila : Tu m'avais dit que je ne risquerais rien, mais ce n'était pas vrai. En plus, je commence à être fatiguer. J'aimerais bien dormir mais je ne peux pas m'allonger.

Boucleton : Il suffit de me demander. En un clignement d'œil, il s'élargit et fit apparaitre un matelas et une couverture de son dos, il lui dit : « Couche-toi, je t'envoie ton rêve sur le champs, repose-toi bien. »

Sila ne perdit pas de temps et sauta dans le lit, elle avait oublié qu'elle lui faisait la tête, trop fatiguée pour cela, elle ferma les yeux rapidement et se sentit embarquée dans un beau rêve que venait de lui envoyer Boucleton, qui pour l'occasion avait changé de couleur. Ils volaient toujours et s'approchaient tout doucement de la première étape.

Après quelques heures, Sila se redressa et lui dit : « Bonjour Boucleton, où sommes-nous maintenant ? »

Boucleton : T'es-tu bien reposée ?

Sila : Oui, j'en avais besoin ! J'ai fait un très beau rêve, merci. Je commence à avoir faim.

Boucleton : D'accord, regarde entre tes jambes, il y a un petit bouton, appuie dessus et un plateau avec pleins de petits arçons sortiront. À chaque fois que tu auras faim, en fonction de l'heure de la journée, tu en trouveras à ta disposition, ce sont des petits arcs à manger, sucrés, salés, parfois les deux en même temps, pour les petits-déjeuners, déjeuners, goûters, dîners. Bref, autant qu'il t'en faudra. Bon appétit !

Sila n'en revenait pas, elle appuya sur le petit bouton devant elle et lui apparut un plateau garni d'arçons en tous genres, des tout petits, des plus gros, certains avaient de la crème, du coulis, du chocolat, d'autres ressemblaient plutôt à des viennoiseries, il y avait même des arçons boissons qui, mit dans la bouche, devenaient du chocolat au lait, du thé, de la tisane, du lait, de l'eau, des jus de fruit.

Elle découvrait chaque arçon, chaque saveur, chaque aspect, c'était dépaysant et très bon. Elle les goûta tous et on peut dire qu'il y avait un large choix. C'était incroyable ! Après avoir terminé, elle s'arrêta et le plateau se rangea seul. Boucleton lui dit : « Alors tu as bien mangé ? »

Sila : Oh oui, c'était délicieux ! Je n'aurais jamais pensé goûter un jour de petits arcs.

Boucleton : Tant mieux, nous arriverons bientôt à notre première étape.

Sila : C'est quoi finalement ton parcours ?

Boucleton : Il n'y a que deux étapes mais elles vont être décisives pour la suite.

Sila : Vas-y développe.

Boucleton : Tout d'abord, nous allons devoir intégrer un cauchemar géré et créé par Spectro. Je n'ai aucune idée de comment on rentre dans un rêve ou un cauchemar et encore moins ce que l'on doit y faire. Et la deuxième étape sera d'intégrer un rêve initiatique et d'en ressortir différent, grandi, meilleur et apte à poursuivre nos vies.

Sila écarquillait ses yeux, elle ne comprenait pas bien non plus ce que cela impliquerait concrètement pour eux mais elle lui dit : « Tu n'es pas tout seul, je suis là. À nous deux, on finira bien par trouver et à en ressortir meilleurs. »

Boucleton : Oui, espérons. Mais si, l'une des épreuves est d'intégrer un cauchemar de Spectro, je peux t'assurer que cela ne sera pas du gâteau !

Sila : Je n'ai pas peur de Spectro, on va se le faire tu verras.

Boucleton ne répondit rien. Ils poursuivirent en silence jusqu'à ce qu'ils se retrouvent face à un immense portique noir, ce dernier s'ouvrit et les laissa rentrer. Ils entendirent une voix entrecoupée leur dire : « Bienvenue, profitez bien car vous n'en ressortirez pas vivants ! »

Ils ne dirent rien, ils avancèrent encore un peu et se retrouvèrent face à Spectro en personne, qui leur dit : « C'est pour toi le cauchemar initiatique ? »

Boucleton hocha la tête. Spectro poursuivit : « Qui es-tu toi ? »

Il pointait du doigt Sila, elle lui dit : « Je suis sa dormeuse. Nous sommes ensembles pour passer l'initiation. »

Spectro : Tant mieux, deux fois plus d'horreurs pourront être déployées. Vous êtes prêts ?

Ces derniers ne répondirent rien, Spectro attrapa Boucleton avec ses deux bras maigrelets et il le jeta dans l'immense cauchemar qu'il lui avait préparé pour l'occasion. Boucleton et Sila s'étaient mis à hurler avant d'atterrir devant un immense labyrinthe sombre et froid.

4

Boucleton dit à Sila : "Attends, tu as vu à quoi il ressemblait ? Je ne m'attendais pas du tout à ça !"

Sila : À quoi t'attendais-tu ?

Boucleton : Je ne sais pas, à un monstre un peu. J'ai beaucoup entendu parler des cauchemars dans ma famille, je me l'étais imaginé ainsi. Mais en fait, il est comme nous, c'est un arc avec de longs et maigrichons bras et jambes, on dirait un squelette. Et puis, sa couleur est entre le noir et le gris. Je ne sais pas, il m'a fait froid dans le dos.

Sila : Il n'est pas très beau, on ne peut pas dire le contraire mais j'aurais tendance à dire qu'il ressemble à une personne malade. Je l'ai trouvé très haut sur ses jambes et son arc avait l'air d'être rongé par sa condition, j'imagine.

Boucleton : Serais-tu en train de le prendre en pitié ?

Sila : Non, tu me demandes ce que j'en pense et je te réponds, c'est tout.

Boucleton : D'accord. Bon, où crois-tu que nous devions aller maintenant ?

Sila : Puis-je descendre s'il-te-plait ?

Boucleton : Pourquoi ? Tu n'es pas à l'aise là ?

Sila : J'ai besoin de ressentir l'endroit et puis j'ai besoin de me dégourdir un peu les jambes. Et si tu marchais, toi aussi ?

Boucleton : Très bien, descends. Non, je n'ai pas envie de marcher. Je resterais à tes côtés.

Sila : Je ne te trouve pas très agréable depuis que je t'ai dit ça, es-tu sûr que tu es bien relié à moi ? Quoi que je dise, j'ai la désagréable sensation que cela t'énerve et ça me dérange beaucoup.

Boucleton : C'est juste que je ne savais pas que les humains étaient aussi exigeants.

Sila : Je ne suis pas exigeante ! Si je l'étais, si je l'avais été, je ne me serais pas retrouver humiliée et maltraitée comme je l'ai toujours été. Je t'interdis de dire cela à mon sujet, tu dis me connaître, mais je doute que cela soit vrai. Tu sais quoi ? Puisqu'il semble que je sois un boulet pour toi, nous n'avons qu'à continuer séparément. Je n'ai aucune envie de poursuivre l'aventure avec toi. Et nous verrons bien lequel d'entre nous trouvera l'issue le premier.

Boucleton : Tu es sérieuse là ? Tu veux poursuivre seule ? Mais tu n'y arriveras pas ! Il s'agit de Spectro. Il ne nous aura pas fait de cadeaux.

Sila : Je n'ai pas peur de Spectro. J'ai davantage pitié de lui qu'autre chose. Il doit être bien malheureux pour se sentir obligé d'envoyer des cauchemars aux gens.

Boucleton leva les yeux au ciel et souffla un coup, puis lui dit : "Il semble que tu as pris ta décision, je n'ai pas envie de batailler avec toi plus longtemps. J'irais sur la gauche, tu iras sur la droite et nous verrons. Mais ne viens pas pleurer s'il t'arrive des bricoles à la fin. Je t'aurais prévenu !"

Sila : Jamais je n'aurais cru que tu me parlerais sur ce ton condescendant. Tu avais l'air d'être un arc-en-rêves si gentil et novice, je ne me suis pas méfiée, je suis vraiment la stupidité incarnée, je me fais toujours avoir. Mais ne t'inquiète pas pour moi, je me débrouillerais, j'ai l'habitude de toute façon.

Elle le laissa là et partit s'enfoncer dans les dédalles du labyrinthe, prenant l'extrême droite qui se présentait à elle. Boucleton prit sur sa gauche en râlant.

5

Sila avait déjà bien avancé et semblait vraiment très triste du comportement de Boucleton. Combien de fois, se ferait-elle avoir ? Cette situation, elle y était habituée, ce n'était pas la première fois qu'elle se retrouvait confronter à des personnes qui, finalement, n'étaient pas celles qu'elles prétendaient. Elle se reprochait sans cesse, sa crédulité, sa naïveté. Elle ne prêtait donc pas attention à ce qui l'entourait.

De son côté, Boucleton ne se reconnaissait pas. Il se rendait compte qu'il avait changé de comportement auprès de Sila, pourquoi avait-il ressenti cette envie irrésistible de faire du mal à cette dernière ? Il n'en savait rien. Mais le fait est qu'à son contact, il ressentait un besoin irrépressible de lui faire du tort, d'être méchant et odieux.

Il ne comprenait pas pourquoi. Qu'avait-elle qui l'incitait à se comporter de la sorte ? Était-ce pour cette raison que d'autres avant lui, s'étaient comportés ainsi avec elle ? Probablement, mais il n'aurait pas de réponses à ce moment-là.

Il devait se concentrer sur les chemins à emprunter, pour l'instant, il n'avait encore rien rencontrer, mais il sentait que cela n'allait pas durer. Il ne se trompa pas, il se retrouva nez à nez avec un gros pantin de lui se dandinant de droite et de gauche, comme une marionnette désarticulée, il poussa un cri qui fut même entendu par Sila et qui la fit sortir de ses pensées.

Elle avançait lentement et observait les alentours, elle avait développé le sens de l'observation, n'ayant pas d'ami·e·s, elle lisait beaucoup et contemplait tout ce qui se trouvait autour d'elle. Elle avait également développé un sens aiguë de son odorat, au niveau sensoriel et de son ouïe. Ce qui fait qu'elle était à l'affût du moindre élément.

Boucleton était toujours bloqué par cet énorme automate, il avait réussi à mettre un bon terme sur ce qu'il avait face à lui. Ce dernier le représentait dans sa forme la plus laide, la plus absurde, la plus terrible, ce qu'il était aux côtés de Sila, par exemple. Il n'en revenait pas de se retrouver confronter à cette épreuve alors qu'il pensait à ce sujet juste avant. Rien n'était du hasard, il le comprit assez vite.

Spectro les surveillaient de près, il fut rejoint par Ligotor, son supérieur qui le tenait et le menaçait de l'exterminer s'il n'obéissait pas au doigt et à l'œil à ses requêtes de chaos et de destruction des mondes, des arc-en-rêves et des cités perdues.

Ligotor était un amas d'allumettes en feu et prêt à faire cramer tout sur son passage. Il était issu de l'union de Limbes, l'homme-enfer et Ramilles, la brindille maléfique. Il était donc destiné à la destruction et à semer désordre, désolation et cataclysmes partout. Son but était de perdre les populations quelles qu'elles soient, pour que ces derniers rejoignent par la force, leur camps.

Il avait recruté Spectro qui ressentait un vide immense et un gros sentiment d'échec face à sa famille d'arc-en-rêves après la non-obtention de son voyage initiatique. Ligotor lui fit croire qu'il l'aiderait à devenir quelqu'un de spécial avec de nombreuses tâches indispensables, faisant ainsi regretter à sa famille, leur rejet à son encontre. Mais

Spectro s'était rapidement aperçu qu'il avait été manipulé et que ses promesses ne valaient rien. Il était pris au piège. Alors lorsqu'il fut rejoint par Ligotor, il ne fut pas si surpris que cela. Il lui dit toutefois : "Je ne m'attendais pas à vous voir, là. Habituellement, vous ne vous déplacez pas pour ces occasions !"

Ligotor : Oui, mais là, mes espions margotins sont venus me rapporter que l'arc-en-rêves était accompagné d'une humaine.

Spectro : Effectivement, il n'était pas seul.

Ligotor : Qui est-elle ?

Spectro : Je suppose qu'il s'agit de sa dormeuse.

Ligotor : Tu n'as pas l'air sûr ?

Spectro : Je n'ai pas pris la peine de demander, je devais les envoyer dans la première tâche.

Ligotor : Que tu peux être stupide ! Qui m'a mis un idiot pareil sur la route ?

Spectro : C'est vous, maitre. C'est vous qui êtes venu à moi et m'avez proposé de vous rejoindre...

Ligotor : Silence vermine ! Il s'embrasa et lui asséna des coups de son feu ardent dans les côtes. Spectro hurla à gorge déployée. Il se trouvait dans sa petite bicoque à l'entrée du labyrinthe. Il vivait là et n'avait pas le droit d'en sortir, sous peine que les margotins le balancent et qu'il le paie très cher.

6

Ligotor explosa de rire, il aimait faire du mal, voir la souffrance des autres, qu'ils soient "proches" ou non de lui. Il avait été créé pour cela et il avait bien l'intention de poursuivre son œuvre jusqu'à la fin des temps.

Après quelques minutes, il lui dit sur un ton menaçant : "Ne me parle plus jamais de cette façon, ne recommence pas, sinon je te brûlerais totalement. As-tu bien compris ?"

Spectro ne put répondre, il était par terre, tenu par les margotins qui le lâchèrent pour rejoindre leur maitre qui disparut aussi rapidement qu'il était apparu. Spectro prit sur lui et se releva, toujours en feu, il fit couler de l'eau dans le bain et se jeta dedans. Il hurla tout aussi fort que la première fois. Ce second cri arriva jusqu'aux oreilles des deux challengers. Sila se mit à prier intensément et Boucleton, lui, se mit à trembler de la tête aux pieds.

Il se trouvait toujours face à sa première épreuve, il lui dit : "Laisse-moi passer, je n'ai pas que ça à faire et j'ai bien l'intention de gagner face à Sila."

L'automate se déplaça et le laissa passer, Boucleton n'en revenait pas. Il poursuivit sa route et tomba sur un second obstacle, une illusion probablement qui semblait pourtant très réelle, une mer déchaînée, avec en son centre, un phare dans lequel se trouvait sa famille, qui petit à petit était en train de se noyer face à la montée des eaux. Au début, il semblait apeuré puis, il se ravisa et répéta les mêmes paroles que la première fois, il constata que l'illusion se stoppa net et il continua sa route. Il rencontra une dizaine, une quinzaine, jusqu'à une vingtaine d'épreuves qu'il détourna toujours de la même façon. À la sortie du labyrinthe, il se retrouva seul face à Ligotor qui l'attendait et qui lui dit : "À ce que je vois, tu vas devenir non pas un arc-en-rêve qui s'appelle Boucleton mais Voussure avec une déformation de ton arc pour laisser ma trace sur toi."

Boucleton : Qui êtes-vous ?

Ligotor se retourna vers ses margotins, l'air furieux et hurla sur ce dernier : "Je suis Ligotor, le maitre des mondes, je suis l'épouvante des mondes, je suis Calamité. Et à présent, tu vas me servir."

Boucleton : Non, je refuse. J'attends Sila ma dormeuse et nous irons ensuite, vers la seconde étape de mon voyage initiatique.

Ligotor : Tu n'as pas le choix. Sila est ta dormeuse ? Parfait, tu vas m'en apprendre davantage sur les humains et leur Terre. Ton amie est morte, regarde par toi-même.

Il fit apparaitre une fumée noire qui laissa transparaitre cette dernière à terre, du sang s'écoulant d'elle, après avoir tenté de passer une épreuve du labyrinthe.

Boucleton demeura choqué par cette vision et alors même qu'il était toujours ébranler par cette révélation, il fut emporté ailleurs, auprès de son nouveau maitre. Il fut jeté dans une ignoble cabane, identique à celle de Spectro, avec encore moins de possessions et il ne revit plus la lumière du jour pendant des semaines.

Pendant ce temps, Sila continuait sa route, elle n'avait encore passée aucune épreuve, elle se demandait si c'était bien normal. Alors qu'elle se questionnait, elle ressentit une odeur inhabituelle, une sensation de ne plus être seule. Elle se retourna mais ne vit personne, pourtant elle était sûre d'elle. Alors, elle se mit à parler à haute voix : "Je suis sûre de ne pas être seule, qui est avec moi ? Je ne vous ferais aucun mal."

Elle ressentit une présence physique, elle se retourna et se retrouva face à une très vieille arc-en-rêves, qui lui dit : "Pardon de t'avoir fait peur, je ne voulais pas. Je suis venue te mettre en garde, tu es surveillée par le supérieur de Spectro, il veut assiéger la Terre, tu es le destin de ton monde, et peut-être plus."

Sila ne comprenait pas, elle lui dit : "Mais de quoi parles-tu ? Et puis, d'abord, qui es-tu et comment t'appelles-tu ?

Celle-ci lui répondit alors : "Je me nomme Charmille, je suis l'une des ancêtres de Boucleton et de Spectro."

Sila : De Spectro aussi ? Il faisait donc partie de votre famille ?

Charmille : Oui, il y a très longtemps, maintenant il est à la botte de Ligotor. Celui-ci est un danger pour les mondes. Il est la pire créature qui existe et son règne ne lui suffit pas, il recherche la destruction, le chaos.

Sila : Pourquoi ? Et que puis-je y faire ?

Charmille : Tu ne le sais pas encore mais tu es la clef de toute cette terrible histoire. Suis-moi, je vais t'expliquer. Mais ici, nous ne sommes pas en sécurité, peut-être pourrons-nous sauver Spectro au passage, nous verrons.

Sila : Mais l'épreuve ?

Charmille : Elle ne te concerne pas de toute façon. Et puis, tu as du remarquer que tu n'en as rencontré aucune, ce n'est pas sans raison. Ton épreuve sera plus grande, plus prestigieuse et plus impressionnante, et je vais te la conter alors suis-moi.

Sila ne répondit rien, elle prit la main que Charmille lui tendait et elles se retrouvèrent dans un nouveau lieu, qui ressemblait à un petit paradis.

Charmille lui dit : "Viens vite que je te présente aux miens."

Sila : Où sommes-nous exactement ?

Charmille : Je pense que tu le sais déjà, nous sommes sur Loisiréum.

7

Sila observait l'endroit dans lequel elle se trouvait. Tout était coloré, lumineux et paisible. Les paysages semblaient être de mousses ou de nuages moelleux et confortables. Cela lui donnait l'impression d'être dans de multiples rêves bienfaisants et salutaires. Elle tourna sa tête vers Charmille et lui dit : "Si je comprends bien les lieux, vous avez pris la place des dormeurs ?"

Charmille : Oui, nous pouvons enfin profiter des bienfaits d'un repos bien mérité, d'un sommeil de qualité et surtout de voyages épiques en rêves. Nous choisissons le rêve dans lequel nous voulons aller et nous nous endormons le temps qu'il faut, pour profiter des bienfaits. Puis, nous nous retrouvons et passons du temps ensembles de qualité, nous nous racontons nos rêves, nos voyages et découvertes puis nous nous promenons dans ces lieux paradisiaques, puis nous passons à table et nous poursuivons chacun de notre côté. Ici, aucun risque que l'on fasse des cauchemars. Nous sommes protégés de Ligotor, de Spectro et maintenant de Boucleton.

Sila : Comment ça de Boucleton ? Qu'est-ce que cela veut dire ?

Charmille lui toucha l'épaule et lui fit un signe de tête, l'air de dire qu'il avait failli son voyage et qu'il avait été recruté par Ligotor.

Sila s'exclama : "Mais que s'est-il passé ? Pourquoi ? Je pensais vraiment qu'il était différent !"

Charmille : Oui, il aurait dû. Mais, nous devons t'annoncer quelque chose d'important te concernant.

Sila : Quoi donc ?

Charmille : Tu dégages une aura, une étincelle, une lumière qui, au contact, de personnes bienveillantes, aura un impact positif dans ta vie, qui seront à ton contact, agréables, gentilles, avenantes, aimantes et ce sera l'inverse pour les personnes malveillantes qui rencontreront ta route. Boucleton avait renfermé beaucoup d'amertume jusque-là, il s'est bien gardé de t'en parler mais il ne voulait pas faire ce métier d'arc-en-rêves, il aspirait à d'autres tâches. Il a beaucoup retardé le jour de son départ pour le voyage initiatique, mais lorsque son père est tombé malade, il n'a plus eu d'autre choix. Nous le surveillions depuis longtemps, d'ici, afin de préserver les membres de notre famille qui poursuivent notre travail. Ce que nous ne savions pas c'est qu'il te rencontrerait.

Sila : Je ne comprends pas, je ne suis pas méchante, alors comment cela se fait-il que j'ai été sa dormeuse ?

Charmille : Oui, nous le savons. Mais par le vécu que tu as enduré, tu as développé un sentiment d'injustice, de rejet et d'abandon, de solitude extrême qui t'a rapproché de Boucleton. Certes, pas pour les mêmes raisons, mais ce sont des sentiments, émotions et sens qu'il avait en lui également.

Sila : Mais comment se fait-il que nous nous soyons rencontrés physiquement ?

Charmille : Nous n'en savons rien. Sans doute, que c'était votre destinée.

Sila : Mais qui est Ligotor ? Et que me voulez-vous ?

Charmille fut rejointe par Cycloï qui répondit à sa place : "Ligotor est le supérieur hiérarchique de Spectro et maintenant de Boucleton. Ce dernier a été recruté par Ligotor car dans le labyrinthe de l'épreuve de Spectro, il n'a montré aucun intérêt, aucun regret te concernant et a fait preuve d'un sang-froid glacial au sujet de tous ceux qui l'entourent, même à son propos. C'est exactement ce que recherche Ligotor, qui n'a qu'une idée en tête, conquérir les mondes et semer la destruction, le chaos partout.

Sila : Mais pourquoi ? On ne lui a rien fait.

Cycloï : Tu as raison, personne ne lui a rien fait. Mais, son comportement et ses pensées sont liés à ce qu'il est et d'où il vient. Il est désolation et monstruosité. Il ne peut se comporter autrement, la seule chose que nous pouvons faire, c'est de retarder ses méfaits. En tout cas, c'est ce que nous faisions jusque-là mais avec toi, à nos côtés, ce sera beaucoup plus facile.

Sila : Que veux-tu dire ? Je ne comprends pas.

Cycloï : N'as-tu pas le cœur sur la main ?

Sila : J'aide ceux dans le besoin, quand je le peux, oui. Mais pourquoi ?

Cycloï : Comment crois-tu que l'on puisse écarter, réduire et déjouer les plans de Ligotor ?

Sila réfléchit un instant. Elle finit par dire : "En étant l'opposé de ce qu'il est. Tout à l'heure, vous avez dit que je dégageais une aura, un halo ou quelque chose d'approchant. Je suppose que vous êtes venus me rencontrer parce que je suis ce qu'il n'est pas et ne sera jamais, et qu'ainsi, je peux vous aider à le freiner, voire l'empêcher de nuire où qu'il aille. Mais cela dit, je ne vois pas du tout comment faire cela ?!"

Cycloï regarda Charmille qui s'essuyait les yeux. Sila s'en rendit compte, elle leur dit : "C'est moi qui vous fait pleurer ? Je ne l'ai pas voulu. Je suis désolée."

Charmille : Oui, je suis touchée par tes propos et tes réflexions. Tu es si jeune, tu as été brisée mais tu es prêtes à aider ton prochain quel qu'il soit. C'est très généreux de ta part, nous savions que c'était une bonne idée de se lier aux humains.

Sila : Bon d'accord, même si je ne vois pas pourquoi vous réagissez à ce point, si tout va bien, alors c'est l'essentiel. Vous m'aiderez ?

Cycloï : Oui, bien entendu.

Sila : Vous allez donc reprendre du service ?

Cycloï : Non pas vraiment puisque nous n'étions que des faiseurs de rêves. Là, nous allons vivre notre première aventure en dehors de Loisiréum et dans un autre contexte. La première étape sera d'aller visiter Spectro. Tu iras seule, nous te rejoindrons dès que tu auras instauré un lien avec lui. D'accord ?

Sila : D'accord, comment vais-je m'y rendre ?

Cycloï : Charmille va te renvoyer dans le labyrinthe mais pas au même endroit, tu trouveras une brèche que tu soulèveras et qui t'emmèneras directement vers la cabane de Spectro. Nous sommes quasiment sûrs qu'il a été la cible de Ligotor, une nouvelle fois.

Sila ne chercha pas à en savoir plus, elle se contenta de hocher la tête. Charmille la ramena au lieu indiqué, elle lui montra l'issue et ajouta en chuchotant : "Nous arrivons vite."

Sila sourit en guise de réponse. Elle emprunta le passage et rencontra plusieurs petits animaux en verre colorés. Notamment un merle portant une ceinture et un sabre autour du ventre. Celui-ci lui dit : "Je suis là pour t'aider dans ta mission, je suis ton allié. Je vais me glisser dans ta poche et interviendrait si besoin. Le reste du temps, fais confiance à ton intuition, tes sens et à moi."

Sila le remercia doucement, l'installa dans la poche de sa veste et poursuivit sa route jusqu'à arriver devant la porte de la cabane de Spectro, elle ne prit pas la peine de frapper, elle entra directement et le trouva affalé, à moitié par terre, à moitié sur son lit, une partie de lui brûler, des lambeaux de lui s'étant détaché. Il avait perdu connaissance, semblait-il en grimaçant de douleurs. Elle fut prise d'épouvante en le découvrant dans cet état. Elle prit sur elle et aidé du merle, elle le plaça sur le lit, souleva le tissu de son vêtement qui s'était accroché aux brûlures et chercha des produits efficaces pour ce genre d'accident.

Elle trouva de la vaseline, du tulle gras et une autre pommade. Elle désinfecta la grande étendue des plaies suintantes, aussi doucement que possible. Puis, elle enfila des gants stériles et lui appliqua la vaseline partout où cela était nécessaire et termina par le tulle gras. Il en avait encore beaucoup en réserve dans d'autres placards, il devait donc avoir l'habitude de se faire brûler de la sorte. Si ce Ligotor était à l'origine de ce carnage, elle se demandait bien comment elle ferait pour l'empêcher de nuire.

Le merle se mit à chantonner un air qui ressemblait plus à des paroles d'oiseau qu'à une mélodie. Spectro ouvrit les yeux ahuri de se trouver soigné mais surtout face à Sila qui le regardait fixement en souriant. Elle s'assit près de lui et ajouta : "Aujourd'hui est pour toi, le premier jour de ta nouvelle vie !"

Spectro n'eut pas le temps de répondre qu'il vit apparaitre Charmille et Cycloï qui lui dirent : "Enfin, nous nous retrouvons. Nous avons des choses à te dire."

8

Cycloï s'approcha de ce dernier et s'assit près de lui, il le regarda quelques instants sans dire un mot. Il soupira et alors qu'il ouvrait la bouche, Spectro dit : "Mais que faites-vous tous ici ?"

Cycloï : Nous sommes venus te demander pardon pour tout ce qu'il s'est passé avant. Nous n'aurions pas dû te rejeter comme nous l'avons fait. Nous avons regretté nos actes mais c'était trop tard, tu avais été recruté par Ligotor. Spectro blêmit, il ajouta : "Vous étiez au courant ?"

Charmille : Bien sûr.

Spectro : Mais d'où le connaissiez-vous ?

Charmille : Nous avons toujours entendu parler de lui par ses espions, les margotins.

Spectro marmonna : "Ceux-là, je les déteste... et lui aussi d'ailleurs."

Sila prit enfin la parole : "Salut Spectro, je suis Sila, j'ai dix ans. Veux-tu rejoindre ma cause et m'aider à déjouer les plans de Ligotor avec ta famille et Charioton ?"

Spectro : Attends, mais tu es la dormeuse de Boucleton, non ?

Sila : Je l'étais mais il semble qu'il a été recruté par Ligotor. Je suis donc seule. J'ai rencontré Charioton qui est mon ami. Elle sortit ce dernier de sa poche, il sauta sur son épaule et se mit à parler, cela ressemblait à moitié à un chant d'oiseau, à moitié à des paroles. Il dit : "Je vais vous aider à vaincre Ligotor ou au moins à le dégoûter assez pour qu'il abandonne ses plans contre la Terre et vous autres."

Spectro : Mais pourquoi ferais-tu cela ? Et pourquoi rejoindre Sila ?

Charioton : Parce qu'elle est la clef et parce qu'elle aura besoin d'un protecteur, soigneur et ami dans les moments les plus sombres de sa quête.

Spectro : Tu connais donc bien Ligotor ?

Charioton : Je le connais assez pour savoir que c'est un opportuniste et très malin qui plus est. Bref, il vous faudra du renfort. Il semble que tu ne sois pas destiné à demeurer dans ce trou à rat toute ta vie, alors saute sur le moment présent. Nous t'avons soigné avec Sila, tu n'as plus de séquelles, tu vas pouvoir te préparer.

Cycloï ajouta : "Nous ne vous accompagnerons pas pendant ce périple mais nous vous suivrons à distance et nous vous aiderons du mieux que l'on pourra, grâce à ça."

Il leur tendait un petit pochon-filet dans lequel se trouvait un miroir de poche. Il leur dit : "Ouvrez le miroir." Ils s'exécutèrent et purent voir en face d'eux, ces derniers. Charmille ajouta : "Vous avez sans doute remarquer que vous aviez accès à des "nuages, ou de la mousse", Sila, cela ne te rappelle-t-il rien ?"

Cette dernière réfléchissait et finit par s'exclamer : "Si ! C'est ce qui se trouvait sur Loisiréum. À quoi cela va-t-il servir ?"

Cycloï : À chaque fois que vous en aurez besoin, vous pourrez à loisir en manger un petit morceau et cela vous permettra de prendre une longueur d'avance sur votre ennemi.

Spectro : Comment ?

Cycloï : En quittant cette dimension et en intégrant une autre. Vous serez alors envoyé dans un rêve bénéfique qui vous apportera les réponses aux questions dont vous aurez besoin au moment en question. Cela vous permettra également de vous reposer, parce que nous avons conscience qu'il n'y aura pas de repos là où vous vous rendez.

Sila : C'est super ! Merci beaucoup ! Je sens que je vais passer la plus extraordinaire aventure de ma vie…

Spectro : Je ne crois pas que tu réalises à quel point Ligotor est dangereux !

Sila : Peut-être, mais je n'ai pas peur de lui. Dieu est plus fort que lui. Je prie et continuerais de le faire. Il me sauvera.

Spectro ne répondit rien. Il s'était perdu il y a fort longtemps et n'avait jamais entendu parler d'un dieu qui pouvait sauver.

Charmille leur dit : "Bien, maintenant que vous êtes en possession de tous les objets dont vous pourriez avoir besoin, quel est votre plan ?"

Sila : Que nous suggérez-vous ?

Charioton se posa sur sa tête et se fit un nid douillet puis il se remit sur son épaule, il augmenta sa taille et leur dit : "Montez sur mon dos en verre, accrochez-vous à ma ceinture. Je sais parfaitement où nous devons nous rendre..."

Sila et Spectro obéirent et se retrouvèrent l'un derrière l'autre, Sila devant et Spectro l'entourant de ses bras maigrelets, tous deux en alertes. Ils eurent juste le temps de saluer Charmille et Cycloï qu'ils étaient déjà hauts dans le ciel bruni par les flammes de Ligotor.

9

Charioton leur dit : "Tout va bien ?"

Sila : Oui, nous allons bien. Tu voles si vite, c'est impressionnant. Spectro ne parlait pas, Charioton s'adressa à lui en ces termes : "Qu'as-tu ?"

Spectro : Rien du tout. Sila n'a pas l'air de réaliser que nous allons aller directement dans la gueule du loup…Elle déchantera vite.

Sila : Je crois comprendre que Ligotor est pourri jusqu'à la moelle, mais je te le répète, je n'ai pas peur de lui. Profite du voyage, ce n'est pas tous les jours que l'on profitera de tels paysages. En plus, voler sur un oiseau en verre transparent et noir, ce n'est pas commun du tout.

Spectro : Pour ça, tu as raison. Tu es si sereine, c'est déconcertant…

Sila tourna sa tête vers ce dernier et lui sourit en guise de réponse. Charioton n'était pas seulement là pour les aider dans leur quête. Il envisageait de se venger pour tout le mal que Ligotor avait engendré dans quelques-unes de ses affaires. Charioton était un merle en verre transparent, il pouvait à loisir changer de taille, il était doté de pouvoirs magiques puissants et surtout il connaissait Sila depuis sa plus tendre enfance, se transformant en véritable oiseau, se mêlant aux animaux de la forêt, des parcs, des bois alentours ou Sila se balader parfois, avant de rentrer dans ses foyers.

Il avait eu l'occasion de bien l'observer, de se faire une idée de sa condition, de ses aptitudes, de ses capacités et celles-ci étaient très nombreuses, puissantes et incontrôlables. Il s'était donc naturellement montré à elle afin de lui proposer son aide. Il s'était attaché à elle et comptait bien la protéger et l'aider autant que possible.

Il portait toujours une ceinture avec une épée très tranchante dans son fourreau. Il la maniait parfaitement et la dégainait aussi rapidement qu'il en avait besoin. Il savait où les conduire pour la première étape, il devait faire profiter ses nouveaux compagnons de tout ce qu'il avait découvert pendant ses inspections précédentes.

Ils arrivèrent rapidement sur un point culminant d'une montagne qui se trouvait juste en face du siège de Ligotor et ses sbires, ses espions et ses recrues.

Il les fit descendre et leur dit : "D'ici, nous pourrons tout observer avant d'agir. Personne ne nous verra ni ne se doutera."

Spectro : Pourtant les margotins circulent partout. Je le sais par expérience…

Charioton : Oui, c'est vrai, ce sont de vraies petites saletés. Mais nous avons un avantage, approchez-vous.

Spectro était un peu méfiant, Sila lui attrapa la main et ils s'approchèrent de ce dernier qui récita en chantonnant des paroles. Ils se sentirent différents, ils se rendirent compte qu'ils étaient à présent invisibles et indétectables. Cela changeait toute la donne. Spectro s'exclama : "Là, d'accord. Nous ne risquons plus rien. Je suis prêt pour notre mission. Avez-vous des idées ?"

Charioton tapota son bec contre Sila et lui dit : "Alors petite Sila, as-tu des suggestions ?"

Sila réfléchissait, elle finit par dire : "Peux-tu nous fournir des jumelles ?"

Charioton hocha la tête et en un chant d'oiseau, ils se retrouvèrent avec les objets en question. Les deux nouveaux camarades s'allongèrent par terre, s'approchant d'assez près du rebord et mirent leurs jumelles à leurs yeux afin de mieux voir ce qui se passait chez l'ennemi.

10

Du temps était passé pour Voussure. Il ne répondait plus qu'à ce nouveau nom. Il avait eu du mal à s'y faire mais s'était finalement habitué. Il avait été jeté dans cette minuscule cabane et personne n'était plus jamais allé le visiter. Il était donc rester sans eau, ni nourriture pendant plusieurs semaines. En effet, le temps n'étant pas le même que sur Terre, ou dans son monde, ou même dans celui de Spectro, on aurait pu penser qu'il ne s'était écoulé que quelques jours mais nous parlions bien de plusieurs semaines. Ainsi, Voussure était auprès de Ligotor et ses margotins et avait fini par recevoir la visite de Ligotor en personne qui venait lui réclamer son allégeance en contrepartie de pouvoirs à la hauteur de son ambition.

Voussure qui n'avait jamais vraiment voulu être un arc-en-rêves, qui espérait épouser une autre fonction, avait enfin semblait-il, l'occasion d'obtenir ce qu'il désirait tant. Alors lorsque Ligotor l'avait forcé à s'incliner devant lui et à lui prêter serment d'obéissance, de fidélité et de loyauté, Voussure s'était exécuté.

Il changea instantanément d'apparence et devint un margotin comme les autres. Il reçut également de multiples pouvoirs magiques et il comprit que s'il menait à bien ses quêtes, il pourrait même obtenir des récompenses. Alors il se prêta au jeu, ne pensant plus jamais, ni à Sila, ni à sa famille, ni à ses ancêtres, ni aux dormeurs. Il se perdit totalement à ce moment-là. Sa dormeuse, Sila qui assistait à toute cette pseudo-cérémonie ne bronchait pas, elle ne décrochait pas son regard de là où il se trouvait. Spectro et Charioton ressentirent beaucoup d'émotions l'envahirent, ils lui dirent à tour de rôle : "Ça va aller ? Nous sommes avec toi si tu as besoin..."

Sila ne répondait rien, elle était écœurée. Jamais, elle n'aurait cru que Boucleton pourrait la trahir à ce point. Comment pouvait-elle avoir été sa dormeuse alors qu'elle n'avait jamais rejoint le camps du mal ? Bien sûr, comme tous enfants, elle avait déjà menti, trahie pour se protéger des autres, mais il y avait toujours un contexte qui l'accompagnait. Elle n'avait jamais ressenti l'envie d'être méchante, de faire du mal ou que sais-je encore.

Alors d'assister à l'évolution de Boucleton, voir sa mine souriante d'être passé dans le camps ennemi, ne pas avoir conscience seulement des conséquences que cela impliquerait pour l'avenir des mondes, elle ne comprenait pas.

Spectro comprenait mieux que personne ce qu'elle ressentait, lui avait été le sbire, le souffre-douleur oui de Ligotor. Il avait été soi-disant recruté par ce dernier pour fabriquer des cauchemars suite à la non-obtention de son voyage initiatique et le rejet de sa famille. Mais jamais, il n'avait eu de pareille promotion et il ne pensait pas cela possible. Il haïssait Ligotor pour tout le mal qu'il lui avait fait subir et pour tout ce qu'il s'apprêtait à faire encore.

Une fois que Voussure fut transformé, Ligotor lui dit : "Maintenant, tu vas me raconter tout ce que tu sais sur les humains, tu vas me mener à la demeure de ta dormeuse."

Voussure : Cela m'est impossible, en me transformant, j'ai perdu toutes mes données sur mon ancienne vie.

Ligotor hurla si fort que cela parvint jusqu'à Charioton et ses amis. Aucun d'eux ne pipaient mot. Ce dernier chantonna et fit apparaitre un haut-parleur double, un côté était destiné à parler dedans et à se faire entendre, l'autre permettait au contraire d'augmenter le volume des conversations à de lointaines distances, comme c'était leur cas.

Il tourna le haut-parleur et le régla pour qu'ils puissent écouter leurs conversations. Ainsi, de tout là-haut, ils pouvaient suivre le dialogue comme s'ils y étaient. On pouvait entendre Voussure dire : "Mais maitre, ce n'est pas grave, laissez-moi retourner sur terre pour récupérer les informations dont vous avez besoin et vous les transmettre à mon retour."

Ligotor : Non, pas question. Tu vas retrouver ta dormeuse, j'ai besoin d'elle vivante !

Voussure rétorqua alors : "Je ne comprends pas, je croyais qu'elle était morte, vous me l'aviez montré baignant dans son sang."

Ligotor : Ce que tu peux être idiot, tu ne relèves pas le niveau de Spectro. Il est clair que vous êtes de la même famille. Retrouve-moi ta dormeuse immédiatement, je m'occupe de Spectro. Le misérable doit être abattu. Je n'ai plus besoin de lui, de toute façon, c'était un bon à rien. Voussure s'exécuta sur le champs. D'autres margotins rejoignirent Ligotor qui disparut rapidement aussi.

11

Charioton qui se trouvait dans son nid sur la tête de cette dernière leur dit : "Profitons de leur absence pour rendre une petite visite au siège de Ligotor."

Spectro : Ne risque-t-on pas de se faire prendre ?

Charioton : Non, aucun risque, d'abord parce que nous sommes indétectables et invisibles et aussi parce que de toute façon, vous êtes avec moi.

Sila : Charioton a raison, c'est maintenant ou jamais. Il faut profiter de leur absence pour agir, sinon quand le ferons-nous ?

Spectro se releva et aida Sila. Elle n'avait pas manger depuis un sacré bout de temps et se sentit mal. Charioton lui dit : "Veux-tu manger un peu avant d'y aller ?"

Sila : Après plutôt, profitons du temps calme. On ne sait pas quand ils reviendront.

Charioton lui tapota le bec contre l'épaule et lui dit entre deux chansons : "Tu te régaleras, je te ferais apparaitre de la nourriture incroyable !"

Sila le remercia. Ils montèrent sur le dos de ce dernier et s'approchèrent incognito du lieu maudit. Une puanteur se faisait sentir, une atmosphère lourde terrible, à vomir. Sila se félicitait d'avoir préféré attendre de se restaurer, elle n'aurait certainement pas gardé son repas, dans le cas contraire.

Charioton volait bas, il faisait le tour des baraques, ils entendirent des cris étouffés et décidèrent d'aller y jeter un coup d'œil.

Sila sauta par terre, se releva rapidement puis ouvrit la porte. Elle découvrit des arc-en-rêves qui grelottaient et qui paraissaient encore plus squelettiques que Spectro. Elle les fit sortir et les ramena près de Charioton. Celui-ci les envoya dans un autre lieu, auprès de plusieurs de ses amis, identiques à lui, sa race, son espèce pour qu'ils les prennent en charge, en attendant l'attaque qu'ils préparaient contre Ligotor.

Ainsi, ils firent le tour et en découvrirent beaucoup d'autres. Il semblait que la plus grande partie de la famille de Charmille et Cycloï avait été kidnappée et sans doute remplacée par des faux. Mais alors, serait-ce pour cette raison que le monde sur terre perdait la raison et devenait de plus en plus violent, méchant et cruel ? C'était une piste à ne pas négliger et Sila s'y pencherait au moment voulu.

Ils quittèrent rapidement les lieux et retournèrent sur le sommet de la montagne. Là, Charioton chantonna à tue-tête et lui fit apparaitre un festin. Spectro put à loisir en profiter également. Il s'agissait de graines d'oiseaux. Assez atypique comme mets mais une fois les graines en bouche, cela devenait de la nourriture connue et commune, comme les humains et les arcs-en-rêves avaient l'habitude de consommer. Sila et Spectro se régalèrent, le remercièrent et rejoignirent la troupe d'amis de Charioton pour interroger les délivrés. Pendant ce temps-là, Voussure recherchait activement Sila dans le labyrinthe mais il ne la retrouva pas. Il partit alors en direction de son ancien monde, il ne put y pénétrer. Il chercha une issue, en vain. Il poursuivit sa recherche, il retourna auprès de l'ancienne demeure de Sila, il en fit le tour mais ne la retrouva pas. Où pouvait-elle être passer ? Il n'en avait pas la moindre idée ! Et il redoutait la colère de Ligotor en apprenant cet échec...

Ligotor était, lui aussi, retourné dans la bicoque de Spectro et l'avait brûlé, pensant certainement que ce dernier se trouvait dedans. S'il avait eu la présence d'esprit de vérifier, il aurait su que ce geste de dédain et de colère était fait en vain. Il retourna dans le labyrinthe et dans l'ancien domaine de ce dernier et y mit le feu en ricanant fort. Ainsi, pensait-il, plus aucune trace de ce pignouf de Spectro. Un tas de cendre épais apparut sur le sol, il retourna rapidement d'où il venait avec ses margotins. Il ne s'aperçut pas de la visite de ceux qu'il dénigrait au plus haut point.

12

Après s'être bien repus, les trois nouveaux amis retrouvèrent leur place respective et observèrent les scènes. Ils virent distinctement Voussure se prendre des flammes en pleine face par Ligotor qui l'insultait copieusement. Ainsi, chaque échec se solderait de la même façon pour ce dernier. Ligotor lui retira une partie de ses pouvoirs afin de lui faire sentir sa médiocrité et le menaça de l'anéantir comme il l'avait fait avec Spectro quelques temps plus tôt.

Ce dernier qui avait entendu ses réflexions et qui, grâce à dieu, se trouvait bien vivant auprès de Sila et Charioton ricana doucement et dit : "Que tu crois ! Je ne suis pas mort, loin de là… Et tu n'es pas prêt pour ce qu'il va t'arriver !"

Charioton : Ça c'est certain, le bougre ne s'attends pas à ce que l'on est un coup d'avance.

Sila : Que t'a-t-il fait ?

Charioton : Il a mis son nez dans mes affaires et m'a mis des bâtons dans les roues afin de m'embêter. De toute façon, son but ultime est de semer le chaos partout et pour tout le monde. Quand on sait d'où il vient, on comprends tout...

Spectro : Qui est sa famille ? Et sont-ils toujours vivants ?

Charioton : On peut dire ça. Ils le manipulent afin d'obtenir la ruine des mondes et ce qu'ils contiennent. Ensuite, qui sait ce qu'ils lui feront ? Peut-être l'élimineront-ils ? Je n'en sais rien et je m'en fiche, parce que ses parents sont des véritables pourritures comme lui. Il nous faut les détruire, les anéantir, les stopper avant que cela ne soit trop tard.

Spectro : Donc, là si je comprends bien on va s'ajouter du travail en plus ?

Charioton : Pas vraiment, parce qu'il était logique que l'on devait se confronter à ce problème à un moment donné. Il ne sert à rien de couper qu'à moitié la tête du serpent si le reste est vivant…

Sila prit la parole : "Et si nous allions rendre visite aux rescapés ? Nous pourrions leur demander ce qu'il en est..."

Charioton : Tu as raison, allons-y.

Il se releva et s'agrandit, ils s'envolèrent rapidement et rejoignirent le lieu en question. Ils descendirent et retrouvèrent d'autres espèces d'oiseaux en verre, d'autres animaux en verre transparent coloré et diverses espèces méconnues. L'un d'eux s'approcha de Sila et dit : "Salut Sila, bienvenue chez nous. Nous sommes ravis de te rencontrer enfin, nous avions hâte. Je suis Anstrion, le paon. À ma droite, se trouve Bériot, Belmon, Amayeur, Craniaque, Bastre, Margent, Asuel, Mémalot, Asmité, Luniaque et enfin Storitite. Nous formons un groupe d'opposants provocateurs face à l'ennemi commun Ligotor."

Sila les observaient en souriant, elle leur dit : "C'est très étrange mais j'ai l'impression de vous connaître, est-ce normal ?"

Charioton reprit la parole : "Oui, nous sommes apparus dans tes rêves, nous les avons intégrés pour que tu te rappelles de nous, au moment voulu. Voilà que ce jour est arrivé !"

Sila : Mais pourquoi ? Qu'ai-je de différent des autres ?

Luniaque : Tu es spéciale, tu as des dons de naissance qui se révèleront à toi au fur et à mesure de notre quête. Nous avons soignés les arc-en-rêves, vous voulez les voir ?

Sila hocha la tête. Ils les menèrent à ces derniers. Ils se trouvaient dans une pièce douillette, entourée de mini taupins qui veillaient sur eux. Lorsque le sosie de Boucleton s'aperçut de la présence de cette dernière, il se releva et dit : "La voilà notre sauveuse, alléluia !"

Spectro choqué de revoir toute sa famille, s'avança doucement et s'approcha d'eux. Il s'accroupit et se mit à pleurer longuement. Une arc-en-rêves lui attrapa la tête et la fit basculer contre elle, lui tapotant l'épaule. Après un temps, il se calma et leur dit : "Jamais je ne pensais vous revoir et encore moins ici, dans ces conditions. Que vous est-il arrivé ?"

L'arc-en-rêves lui répondit : "Nous avons été remplacés par les margotins de Ligotor, un jour notre père est tombé malade, nous avons compris qu'il avait été empoisonné, nous ne savons toujours pas comment. Nous avons donc redoublés notre travail pour faire le sien en plus et alors que nous commencions à être épuisés, nous avons reçu la visite de Ramille la mère de Ligotor, qui l'attendait et qui nous a expliqué qu'elle était là pour venir en aide aux peuples en détresse. Qu'elle était née pour cela et qu'elle œuvrait en ce sens. Elle nous a proposé de nous reposer en envoyant à notre place d'autres arc-en-rêves d'autres lieux qui reprendraient notre travail, en nous garantissant que notre père s'en remettrait et que nous pourrions prendre quelques jours de congés, le temps de se remettre. Elle nous a emmené jusque-là où vous nous avez retrouvés et nous y avons croupis tout ce temps.

Spectro : Mais quelle horreur ! Donc Boucleton est en fait issu d'imposteurs ? Ils ne sont pas vraiment de la famille comme je le croyais, à part les ancêtres Charmille et Cycloï ?

L'arc-en-rêves qui parlait était une fille, elle s'appelait Méandrine et s'exclama : "Attends, tu as rencontré nos ancêtres ?"

Spectro : Oui, ils ont rejoints Sila et Charioton qui se trouvait déjà à ses côtés. Mais parlez-lui à elle, elle vous racontera mieux que moi.

Méandrine la regarda et Sila s'approcha d'elle, elle la caressa et sans savoir comment, elle la rétablit instantanément. Méandrine se releva et lui dit : "Comment as-tu fait ça ?"

Sila, choquée : "Je n'en sais rien. J'ai juste fait une petite prière pour toi. Si tu vas mieux, c'est grâce à Dieu."

Méandrine : Qui est Dieu ?

Sila : C'est le Seul à pouvoir nous aider, nous sauver et anéantir Ligotor.

Spectro : Mais que faisons-nous là alors ?

Sila : Nous serons ses soldats si tu veux. À travers nous, notre foi en Lui, Il nous permettra de le combattre et de déjouer ses plans machiavéliques. Et concernant vos ancêtres, ils m'ont sortis du labyrinthe dans lequel je me trouvais et m'ont ramené sur Loisiréum où j'ai pu découvrir l'endroit merveilleux dans lequel ils évoluaient depuis leur retraite bien méritée. J'ai également rencontré tous les autres arc-en-rêves avec lesquels ils passent leurs journées et c'est eux qui m'ont expliqué ce que je devais faire. Ils ont l'intention d'agir et d'intervenir, mais à la toute fin.

Méandrine : Tu es allée sur Loisiréum ?

Sila hocha la tête. Spectro prit la main de Sila et lui dit : "Je te demande pardon parce que lorsque tu es arrivée au labyrinthe, je t'ai mal parlé, je ne savais pas qui tu étais."

Sila : Ce n'est rien voyons. J'ai senti que tu n'allais pas bien, d'ailleurs, je me suis pris la tête avec Boucleton enfin Voussure à ton sujet justement et c'est pour cela que nos chemins se sont séparés.

Spectro : Oui, ce n'est pas si étonnant que ça du coup, s'il était un descendant des imposteurs de Ramille. Quelle histoire !

Sila : C'est vrai que c'est fou cette situation… Mais je comprends mieux pourquoi les rêves étaient de mauvaises qualités chez nous.

Elle se tût un instant et ferma les yeux quelques secondes. Tout le monde attendait, elle finit par les rouvrir et se mit à sautiller partout, elle alla trouver Charioton et ses amis et leur dit : "Je sais exactement ce que nous allons faire pour semer la zizanie entre Ligotor et ses parents."

Storitite qui était une jolie chouette haute sur patte et portant une couronne sur la tête entre ses deux oreilles lui dit en souriant : "Quel est ton plan petite Sila ?"

Sila se retourna vers les arc-en-rêves et Spectro et leur dit : "Venez nous rejoindre à l'extérieur, nous avons à discuter urgemment !"

13

Sila : Nous allons visiter de manière provocatrice Ligotor et ses margotins. Nous allons lui dire que nous connaissons les noms de ceux qui veulent le doubler et lui faire de l'ombre.

Spectro : Ah oui ? Et qui sont-ils ?

Sila : Ce sont ses parents, rappelle-toi ce qu'a dit Méandrine tout à l'heure, Ramille était venue les voir et leur a dit qu'elle enverrait d'autres arcs-en-rêves pour leur laisser le temps de se reposer, ce qui implique que Boucleton était déjà issu de la famille de Ligotor et ses parents. C'est pour cela qu'il a rejoint ce dernier, et c'est pour cela qu'il se comportait mal avec moi dès le début. J'ai depuis longtemps, développé une faculté à reconnaitre les pourris et même si je n'en étais pas très sûre le concernant, au moins au début, j'ai préféré continuer seule plutôt que rester à ses côtés. Je me suis protégée. Eh bien, Ligotor ne semble pas être au courant de l'arrangement passé avec Ramille et ta famille.

Se tournant vers Méandrine, elle ajouta : "Ligotor vous-a-t-il déjà rendu visite ?"

Celle-ci tourna sa tête de droite et de gauche. Sila ajouta : "Voilà, c'est bien ce que je pensais. Si cela se trouve, il n'était même pas au courant de votre présence."

Spectro : Mais comment cela se pourrait ?

Sila : Tu sais, s'il y a bien une chose que je sais, c'est qu'un pourri ne nait pas de nulle part, il a très souvent une famille qui l'est également et il semble que ces derniers sont toujours en service. Je pense qu'ils l'utilisent comme un pantin, le laissant agir comme bon lui semble et l'empêchant de s'occuper de ce qui les concernent. Ainsi, au moment voulu, ils réapparaitront et agiront en conséquence.

Bériot : Tu as un bon raisonnement, nous sommes fiers de toi.

Sila : Merci Bériot. Cela dit, allons-nous y aller tous ensembles ?

Storitite : Non, seuls Charioton, Belmon et moi allons t'accompagner. Nous nous cacherons dans le nid et serons prêts à intervenir si besoin.

Sila : D'accord.

Elle se dirigeait vers la sortie, Spectro l'appela : "Attends ! Et nous ?"

Sila : Quoi vous ? Toi tu m'accompagnes et ta famille restera ici ou nous rejoindra si elle le désire, c'est à eux de voir.

Spectro : J'aimerais rester un peu avec eux.

Sila ne s'attendait pas du tout à cette requête, elle s'empêcha de montrer sa déception. Elle ne parvenait plus à répondre. Bastre prit la parole et dit : "Es-tu sûr de ne pas vouloir venir ? Personne ne va rester ici."

Spectro : Où allez-vous aller ?

Amayeur : Nous allons épier Limbes et Ramille. Et nous reviendrons lorsque Sila et les nôtres auront terminé.

Spectro hésitait. Il finit par dire : "Je reste, j'ai tellement de temps à rattraper."

Sila se détourna de lui. Méandrine s'en rendit compte et lui dit : "Va la rejoindre, elle semble très triste que tu la délaisse. Elle comptait sur toi. Nous ne bougerons pas d'ici."

Spectro : Mais vous m'avez tellement manqué…

Méandrine : Toi aussi mais nous nous sommes retrouvés une fois alors nous pourrons recommencer encore. Tout ira bien.

Spectro soupira. Alors qu'il pensait retrouver Sila, il ne retrouva plus personne. Seul une feuille volait dans sa direction, dessus était inscrit de la main de Sila : "Pardon de t'avoir entraîné dans toute cette histoire, je ne te dérangerais plus. Reste près des tiens."

Spectro laissa tomber la feuille par terre et trembla. Il ressentait beaucoup de déception en elle. Il lui avait fait de la peine sans le vouloir. Il s'en mordait les doigts. Méandrine ramassa la feuille et la lut rapidement, elle l'incita à retourner à l'intérieur, en attendant leur retour.

14

Alors que Sila volait haut dans le ciel auprès de ses trois compagnons, Storitite, Belmon et Charioton, elle leur dit : "S'il-vous-plaît, je voudrais savoir si vous avez un autre endroit où nous pourrions nous retrouver à notre retour ?"

Belmon : Tu as été blessée par Spectro ?

Sila ne répondit rien. Les trois amis comprirent et n'insistèrent pas. Charioton ajouta : "Oui, nous avons plusieurs lieux sur lesquels nous pourront nous retrouver, ne t'en fais pas. Cela dit, nous allons bientôt arriver, tu n'as pas le trac ?"

Sila : Non, et puis, il faut bien que quelqu'un le fasse. Et vous êtes avec moi. Et Dieu aussi, donc tout ira bien.

Storitite : Tu as raison.

Sila : Vous croyez en Dieu ?

Belmon : En tout cas, on sait qu'il existe.

Sila : C'est un bon début.

Charioton : Prépare-toi, on va bientôt atterrir.

Sila se concentrait. Ils arrivèrent derrière les barraques et l'oiseau en verre s'empressa de rejoindre ses deux amis dans le nid qu'il avait construit dans ses cheveux. Ils lui dirent tout doucement : "Ne t'inquiète pas, nous sommes avec toi et nous agirons en temps réel pour t'aider."

Sila hocha la tête, elle respira un peu. Son cœur commençait à s'accélérer mais elle n'en tint pas compte. Elle s'avança d'un pas sûr vers le siège de

Ligotor. Elle fut rapidement encerclée par des milliers de margotins qui s'excitaient autour d'elle.

Ligotor s'en rendit compte, Voussure qui se trouvait non loin, s'approcha également et hallucina lorsqu'il la reconnut. Il voulut faire croire qu'il était à l'origine de sa venue mais les autres margotins rétablirent la vérité la concernant, elle était venue de son plein gré seule.

Voussure fut installé sur un bûcher et brûla à petits feux. Il hurlait si fort que Ligotor retira tous sons sortant de sa bouche.

Il s'approcha ensuite de Sila et tourna autour d'elle, en respirant très fort. Il finit par dire : "Comment as-tu su où j'étais ?"

Sila : J'ai été aidé par Voussure. Ligotor hurla : "Comment ça ?"

Sila : Oui, Voussure m'avait dit qu'il savait qu'il n'était pas un véritable arc-en-rêves, puisqu'il venait des imposteurs envoyés par tes parents, Limbes et Ramille. Tout ce temps, il avait fait semblant, se jouant de toi au passage ainsi que ta propre famille.

Ligotor explosa et brûla Sila, qui ne broncha pas. Heureusement que Belmon, Charioton et Storitite étaient avec elle et qu'ils avaient fait de la magie pour qu'elle ne brûle pas et ne ressente aucune douleur. Le plan semblait marcher à la perfection. Ligotor fut surpris de constater qu'elle ne brûlait pas, il recommença plusieurs fois, en vain. Il l'examina avec minutie mais ne détecta rien de suspect.

Les trois complices de cette dernière se félicitaient pour la tournure des évènements, merci aux sorts indétectables qu'ils utilisaient. Ligotor apparaissait pour la première fois, vulnérable, il stoppa le feu qui attaquait fortement Voussure et l'envoya dans un point reculé pour l'interroger suite aux révélations de Sila.

Voussure ne comprenait pas ce qu'il se passait, il n'était au courant de rien. Ils y passèrent un temps monstrueux. Les margotins restèrent auprès de Sila et pour la première fois, l'un d'entre eux, parla : "Tu es différente, d'où viens-tu ? Et pourquoi n'as-tu pas brûlée ?"

Sila : Je n'ai pas brûlée car Dieu me protège. Et oui je suis différente. Et vous, pourquoi restez-vous avec Ligotor, qu'avez-vous à y gagner ?

L'un d'eux s'appelait Javelette et répondit : "Nous ne gagnons rien. Que peux-tu nous proposer ?"

Sila : Vous serez libres d'être ce que vous voulez sans crainte de représailles. Je n'ai pas l'impression que vous ayez déjà goûtés au libre-arbitre. Vous vous exécutez sinon vous serez punis. Vous n'êtes pas libres de vos mouvements. Ce n'est pas une vie.

Javellette l'écoutait attentivement et rétorqua : "Je te suis, que peut-on faire pour t'aider à renverser Ligotor et sa famille ?"

Sila : Comment pourrais-je être sûre et certaine que tu rejoins ma cause pour de bon et que ce n'est pas une tromperie ?

Javelette lui donna alors un lucre sur lequel apparaissait le sigle de son appartenance à Ligotor et à sa famille, elle lui dit : "Ouvre-le."

Sila qui l'avait bien observé, l'ouvrit et y trouva à l'intérieur une clé et une petite épingle à nourrice. Elle semblait étonnée, elle lui dit : "Mais qu'est-ce que c'est ?"

Javelette : C'est ce qui te servira à l'anéantir, ou au moins à le freiner dans sa quête de destruction. Ce petit objet ridicule, s'il le touche, il perdra tous ses pouvoirs, son statut et il ne ressemblera plus du tout à un ligot mais bien à une vulgaire petite allumette, bonne à être jeter à la poubelle.

Sila : Mais comment est-ce possible ?

Javelette : Pour cela, il faut remonter dans le temps et demander des explications à la Source.

Sila : Où est cette source ?

Javelette : Conduis-nous en dehors d'ici, je te mènerais à elle. Tu comprendras mieux de quoi je te parle. Ensuite, nous t'aiderons dans ta tâche et nous pourrons enfin vivre pour nous.

Sila hocha la tête. Elle regarda vers Ligotor qui s'acharnait toujours sur Voussure. Ce dernier était défiguré. Elle grimpa sur Charioton qui était invisible, elle embarqua Javelette et quelques autres margotins avec elle et ils disparurent rapidement.

15

Ils volaient toujours à bonne vitesse, Sila demanda à Javelette : "Peux-tu m'en dire plus sur la Source ?"

Javelette : Nous allons bientôt arrivés, tu verras directement de quoi il s'agit. La seule chose que je peux te dire c'est que si effectivement Limbes et Ramille le doublent, ils ne le peuvent seulement parce qu'ils ont très certainement "doublé" la Source.

Sila ne comprenait pas bien. Javelette indiqua l'endroit exact et Charioton se posa aussitôt. Tous descendirent. Ils regardèrent partout, ils se trouvaient sur un terrain plat, entourés d'arbres gigantesques et très feuillus. Javelette leur dit : "Suivez-moi. Je vais vous mener."

Sila demanda à Belmon : "Connaissais-tu cet endroit ?"

Belmon : Oui, bien entendu. C'est ici que tout à basculer, pour Limbes, Ramille, Ligotor et tous ceux qui découlent d'eux.

Sila : Attends, je ne comprends pas. Qu'est-ce que cela veut dire exactement ?

Storitite : Tu vas comprendre.

Sila ne répondit rien. Ils marchaient d'un bon pas, ils arrivèrent face à une majestueuse Source d'eau chaude, semblait-il. Celle-ci s'approcha et la contempla un moment. Elle se pencha en avant et toucha l'eau qui se transforma instantanément et qui l'enveloppa un moment, puis elle entendit une voix venir des profondeurs du sol sur lequel elle se trouvait, lui dire : "Sois la bienvenue Sila, tu es une âme pure et bonne, tu as des facultés très importantes et tu peux obtenir facilement ce que tu souhaites, à condition que tu gardes toujours en mémoire, grâce à qui, tu le peux."

Sila : Si j'ai des capacités, ce dont je doute, cela me vient uniquement de Dieu.

La Source rétorqua alors : "Oui, Dieu. Je suis sa créature, il m'a créé et permis de rencontrer beaucoup de créatures, d'animaux, de monde mais tu es la première jeune humaine à atterrir ici. Je suis très heureuse de t'aider dans ta quête périlleuse. Par le passé, Limbes et Ramille se sont unis dans le but d'engendrer une progéniture. Ils n'étaient pas forcément destinés à mal tourner comme c'est le cas aujourd'hui, ils avaient de grandes ambitions, ils voulaient conquérir les mondes, mais ils n'avaient pas encore d'idées très arrêtées sur la question, ce n'est qu'à la naissance de Ligotor, qu'ils se sont rendus compte de l'étendue de leurs pouvoirs respectifs, jusque-là, ils ne connaissaient pas leur statut exact. Alors quand j'ai appris leur plan maudit, j'ai fait en sorte de les faire revenir ici et ce fut la dernière fois qu'ils mirent les pieds sur ce sol. Ils avaient déjà les margotins qui n'avaient pas la forme que tu connais actuellement, il s'agissait plutôt de créatures mi-animales, mi-pierres qui sont des Gafères-Gapèces, c'est le nom original de leur espèce. Javelette en fait partie mais tant que Ligotor, Limbes et Ramille poursuivront leur quête, elle gardera cette apparence. Après que je les aies fait revenir ici, je me suis aperçue qu'ils avaient créés des lucres, dans lesquelles j'ai intégré à leur insu ces deux minuscules objets, qui demeureraient invisibles à leurs yeux. Ainsi, après que Ligotor a commencé sa quête de destruction pour semer le chaos dans les mondes, faire régner des lois, des lubies qui ne viennent même pas de lui, j'ai permis à certains margotins d'obtenir ses lucres afin de prouver leur "allégeance" à ce dernier, ce faisant, ils étaient détenteurs des deux objets que tu as dans les mains maintenant et qui sont issu de moi, la Source. Lorsque tu arriveras à les atteindre, il te suffira, aidée de tes compagnons de route, de les toucher avec cette aiguille et ce crochet pour les perdre. Cela dit, bravo à toi Sila, d'avoir pensé que ses parents étaient derrière toutes les manigances, tu es très maline, très futée. Il fallait y penser, tu es la première à l'avoir prononcer à haute voix. Cela te rend vraiment unique. Ta foi et ta détermination font de toi, la meilleure arme que tes compagnons pouvaient avoir près d'eux. De mon côté, je les avais mis en garde contre leurs actes de rébellion, de tromperies, de faussetés en les préparant à une punition digne de ce nom mais ils ne m'ont plus écouter. Ils se sont éloignés de moi, la Source et ils se sont donc éloignés du divin, de la pureté, de la droiture. En agissant ainsi, ils se sont perdus, ils ont condamné Ligotor à suivre leurs pas et l'utilisent comme un pantin pour arriver à leur fin.

Sila n'en revenait pas. Elle se tourna vers Javelette, Charioton, Belmon et Storitite et leur dit : "Et vous, étiez-vous au courant de tout ça ?"

Charioton : Oui, nous le savions. Nous existons depuis avant le retournement de veste des parents de Ligotor. Par le passé, ils ont voulu nous réduire en esclavage, mais nous avons luttés, nous avons résistés et ils ont décidé de nous laisser tranquilles. Ils ont, toutefois, fait en sorte que

Ligotor se mêle de nos affaires et nous mettent des bâtons dans les roues, c'est pour cela que je me suis porté volontaire pour t'aider dans ta mission, celle de sauver les mondes de ces trois dangereux prédateurs.

Nous sommes issus d'un monde qui se nomme Vitrail. Tu as remarqué que nous sommes tous en verre, plutôt transparent et coloré, plus pour certains que pour d'autres. C'est notre spécificité, nous pouvons avoir toutes les formes que nous voulons, être des animaux, des espèces insolites, inédites. Nous pouvons nous montrer laids et effrayants pour repousser l'ennemi ou d'autres qui auraient de mauvaises idées. Nous existons depuis fort longtemps, la Source ne nous a jamais dérangés car elle ne nous a jamais empêché de vivre, d'augmenter notre nombre, de profiter de la vie. Nous avons parcouru les mondes, les vallées, les univers en quête d'alliés pour stopper Limbes, Ramille et Ligotor dans leur élan et un jour, je t'ai trouvé toi, Sila. J'ai su qu'un jour, j'aurais l'occasion de t'aborder et de te faire découvrir la vérité sur les mondes, comprendre le pourquoi du comment. Et je suis très heureux de constater que je ne me suis pas trompé. Mes amis, ci-présents, sont du même avis que moi. Tu pourras toujours compter sur nous. À présent, tu as la Source avec toi et les Gafères-Gapèces alias les margotins.

Sila : Je ne sais pas quoi dire. Je ne m'attendais pas du tout à cela. Je suis sous le choc.

Javelette s'approcha et lui dit : "Je comprends que tout cela te choque, mais sache que nous comptons tous sur toi pour rétablir l'ordre des choses. Tu as ces dons innés que ton dieu t'a octroyé, tu es empathique, intelligente, gentille, attentionnée, maline et courageuse. Tu utilises tous tes sens pour régler les situations dans lesquelles tu te trouves, ce qui te permet d'avancer dans ta vie malgré les difficultés rencontrées."

Sila : Mais, de quoi parles-tu ?

Javelette : Nous connaissons ton parcours de vie, ne nous demande pas comment ni pourquoi. Je n'en sais rien.

La Source : Je peux répondre à cette interrogation, toutes les bonnes personnes qu'elles soient humaines ou non, sont interconnectées entre elles, inconsciemment vous vous connaissez car vous vous reconnaissez comme étant dans le bon chemin. C'est ainsi que Javelette sait ce que tu as traversé alors même qu'elle ne te connaissait pas il y a encore quelques heures.

Sila était soufflée. La Source lui dit : "Viens te baigner et prends un peu de temps pour toi, tu le mérites. Te baigner te renforcera et te permettra d'éclaircir tes idées, de dissiper tes craintes, tes doutes et te confortera dans la route que tu dois emprunter."

Storitite : Ensuite, tu prendras un bon repas et tu feras une sieste, nous ressentons une très grande fatigue en toi. Tu te réveilleras en meilleure forme pour affronter la suite.

Sila hocha la tête. Elle retira ses chaussures et alors qu'elle mettait un pied dans l'eau, elle invita ces derniers à la suivre.

Les trois amis en verre préférèrent l'attendre sur la terre ferme, ils se contenteraient de l'observer en souriant. Javelette et les autres margotins la suivirent avec plaisir et contre toute attente ils retrouvèrent leurs formes initiales. Sila s'exclama alors : "Mais vous avez retrouvés votre forme originelle ! Je croyais que ce n'était pas possible avant la fin des trois autres ?"

La Source : C'est grâce à toi, tu as eu la générosité de partager ce moment de détente qui t'était destiné. Cela leur a permis de retrouver leur condition première, ainsi tu as pu leur venir en aide, comme tu l'as si souvent fait par le passé.

Sila : Oui, tu dis vrai, tu es bien issue de Dieu. Il a entendu mes prières, mes requêtes. Il ne m'a jamais oublié, je le sais, je l'ai toujours sentie. Même si parfois, trop souvent, je me suis sentie bien seule, rejetée, malaimée et incomprise. Merci mon Dieu pour ta présence à mes côtés.

La Source : Profite bien avec tes nouveaux compagnons.

Javelette n'en revenait pas, elle se regardait dans l'eau qui avait un effet miroir, elle était bien redevenue comme il y a très longtemps, elle ne rêvait pas.

Elle se jeta sur Sila et la remercia pour sa bonté, celle-ci lui dit : "Je n'ai rien fait d'exceptionnel, je n'allais pas profiter seule alors que vous pouviez avoir envie de profiter un peu, surtout qu'avec Ligotor, vous ne devez pas avoir eu beaucoup de plaisirs..."

Javelette : C'est peu de le dire. Mais grâce à toi, ça a déjà changer. Tu es celle que l'on attendait tous. Nous t'aiderons tous. Lorsque nous retournerons auprès de Voussure et Ligotor et que les autres margotins nous verront comme nous sommes maintenant, ils comprendront que c'est le début de la fin pour eux.

Sila hocha la tête, elle faisait l'étoile de mer et ferma les yeux. Elle s'endormit calmement, bercée par l'eau chaude de la Source.

16

Sila se réveilla et mit un temps avant de pouvoir ouvrir les yeux. Lorsqu'elle parvint à le faire, elle se rendit compte qu'elle était sur la terre ferme, qu'à côté d'elle se trouvait un plateau repas garni de mille et un délices salés et sucrés. Elle goûta à tout avec plaisir. Une fois terminé, elle se releva et chercha ses amis. Elle les retrouva un peu plus loin, ils discutaient en l'attendant. Elle ne savait pas du tout combien de temps elle avait dormi, il lui semblait que c'était assez court. Lorsque Javelette la vit, elle la devança et lui dit : "Enfin te revoilà, nous hésitions à te réveiller !"

Sila : Pourquoi ? Que se passe-t-il ? Ai-je dormi longtemps ?

Javelette : Oui, deux jours et trois nuits entières. Je ne savais pas que les humains pouvaient dormir autant !

Sila : Moi non plus. Mais j'en avais sûrement besoin. J'ai un mauvais sommeil habituellement. Après réflexion, ce n'est pas étonnant vu que ce ne sont pas des arcs-en-rêves qui sont aux commandes…Qu'ai-je loupé ?

Belmon : Tu es bien reposée ? Tu as mangé ?

Sila : Oui, c'était délicieux ! Merci beaucoup. Vous avez pu manger également ?

Ces derniers hochèrent la tête. Charioton poursuivit : "Nous discutions en t'attendant, il y a eu du nouveau pendant notre absence."

Sila : De quoi s'agit-il ?

Belmon : Ligotor a reçu une visite impromptue de Ramille. Elle lui a passé un savon magistral dont il se souviendra longtemps !

Sila : Mais pourquoi ?

Javelette : Parce qu'ils se sont rendus compte qu'il était au courant de la supercherie les concernant. Alors ils ont voulu le stopper net mais cela n'a pas pris. Il a posé beaucoup de questions et sa mère ne l'entendait pas de cette oreille.

Sila : Qu'est-ce que cela implique pour nous ?

Storitite : Que nous avons une faille chez Ligotor. Et qu'il va falloir l'exploiter.

Sila : D'accord et Voussure qu'est-il devenu ?

Javelette : Il a été torturé et aux dernières nouvelles, il était toujours attaché à son piquet, quasi mort. Lui, n'a été qu'un pion sur l'échiquier, tout comme Ligotor. C'est juste, qu'à présent, il commence à s'en rendre compte.

Sila : Vous pensez qu'il mordra à l'hameçon si je l'invite à rejoindre notre cause pour stopper ses parents ?

Charioton : Il n'aura pas trop le choix, s'il veut rester en vie. Avec les lucres et ce qu'ils contiennent, il aura plutôt intérêt à coopérer.

Sila : Oui c'est vrai. Tant pis pour lui, après tout même s'il s'est fait manipuler par ses parents, il est quand même sacrément pourri. Au fait, que sont devenus Spectro et les siens ?

Belmon : Ils sont toujours sur l'autre monde, pourquoi ?

Sila : Comme ça pour savoir. Je me demandais s'ils étaient au courant de quelque chose… Et puis, je me rappelle ce que m'avais dit Charmille et Cycloï, qu'ils interviendraient à la toute fin, mais je ne vois pas comment et si tout ça n'avait été qu'un immense canular ? Cela ne serait pas la première fois !

Storitite : Qu'entends-tu par-là ?

Sila : Si ça se trouve, Loisiréum n'existe pas vraiment, ce n'était peut-être qu'une illusion, qu'une supercherie de plus. Pour nous mener en bateau depuis le début. Parce que c'est quand même étrange de leur part de m'avoir dit qu'ils viendraient m'aider avec Spectro, vers la fin. Comment le pourraient-ils ? Pourrions-nous aller voir Spectro s'il-vous-plaît, avant la suite du plan ?

Charioton : D'accord. Allons-y.

Ils montèrent tous sur lui et s'envolèrent.

17

Pendant le trajet, Sila dit à Charioton : "Mène-nous plutôt sur Loisiréum, je veux voir si le monde existe toujours, cela nous donnera alors un bon point de départ."

Charioton : D'accord, tu penses vraiment que tout ça n'était que du bluff ?

Sila : J'espère que je me trompe, je t'assure mais je préfère m'en assurer.

Javelette lui dit : "Tu sais, je crois que de suivre ton intuition est une bonne chose, si tu penses qu'ils sont de mèches alors c'est que ça doit être vrai."

Sila : C'est gentil mais ça m'est quand même arrivée de me tromper, et heureusement.

Javelette : Nous verrons bien. C'est encore loin ?

Sila : Non, je ne crois pas, je reconnais la Terre ! J'ai du mal à croire que j'ai quitté tout ce monde-là depuis des mois maintenant, combien de temps cela fait d'ailleurs ?

Charioton : Je dirais plus d'un an, parce que le temps n'est pas le même que chez toi. Le temps est plus rapide, différent. Est-ce que cela te manque ?

Sila : Non, je n'étais pas la bienvenue de toute façon. Ce qui est fou depuis que j'ai quitté la Terre, c'est mon cheminement personnel, c'est mon évolution psychologique. En fait, j'ai accumulé beaucoup de souffrances, de traumatismes et cela aurait pu me freiner dans ma mission mais c'est l'inverse qui s'est produit. Cela me donne l'impression qu'au contraire, j'ai sauté sur l'occasion pour me rattraper de ma vie pourrie que j'avais jusque-là. J'ai mis à contribution toutes mes facultés pour être opérationnelle, ce qui m'a permis d'en arriver là où j'en suis et où nous sommes.

Charioton : Chaque jour qui passe, je me félicite de m'être montré à toi, je savais que tu serais une alliée de taille et je ne m'étais pas trompé. Nous allons arriver.

Il se posa sur le sol, ils descendirent rapidement. Sila fit quelques pas et se retrouva entourée de Cycloï et Charmille qui lui dirent : "Mais que viens-tu faire là ?"

Sila : Pourquoi ? Vous ne m'aviez pas interdit de revenir si jamais j'en avais besoin. Quel est le problème avec ça ?

Charmille semblait agacée, elle lui dit : "Pourquoi n'as-tu pas utilisé les miroirs que je t'ai donné ?"

Sila les avaient totalement oubliés. Charioton prit la parole aussitôt : "Elle ne les as pas utilisés car je les ai brisés. À son insu."

Cycloï : Pourquoi donc ? Je croyais que tu étais de la partie ?

Charioton : C'est le cas ainsi que mes amis mais vous n'êtes pas francs depuis le début et grâce à Dieu, Sila a eu des soupçons à votre sujet.

En entendant ces mots, Charmille s'approcha dangereusement de Sila et lui dit : "Mais enfin, pourquoi doutes-tu de nous ?"

Sila se recula et lui dit : "Je crois qu'en fait mes amis savaient déjà que vous étiez avec les autres, comment et pourquoi cela aurait pu être différent, quand on sait que ceux qui étaient censés être des arcs-en-rêves n'étaient que des imposteurs. Vous en êtes sûrement également."

Cycloï et Charmille semblaient très agacés, ils pensaient sans doute qu'en envoyant Sila auprès de Ligotor, elle se ferait grillée sur place mais rien ne se passa comme ils l'espéraient.

Javelette s'exclama : "Attendez mais je vous reconnais ! C'est vous Limbes et Ramille !"

Charmille : Tu racontes n'importe quoi ! Tu divagues complètement !

Sila sortit de sa poche le lucre qu'elle tenait fermement dans sa main, elle le leur montra et leur dit : "Pour le savoir, rien de plus simple !"

Elle leur mis sous les yeux, ils se reculèrent et se transformèrent instantanément.

Ils blêmirent et disparurent sans laisser de traces. Le monde sur lequel ils se trouvaient commença à trembler, Charioton leur dit : "Vite montez, il va disparaitre !"

En un battement de cil, le sol sur lequel ils se trouvaient s'effondra sous leurs pieds, sous leurs pattes. Heureusement, Charioton volait déjà haut dans le ciel.

18

Storitite qui se trouvait dans le nid dit à Sila : "Tu vois, fais-toi confiance, tu avais raison. Suis ton instinct, ton intuition, c'est le bon chemin."

Sila : Donc vous le saviez ? Mais vous attendiez que cela vienne de moi ?

Belmon : Oui, parce que nous désirons que tu apprennes, que tu développes tes capacités, tes facultés, et il n'y a qu'en supposant, qu'en agissant, qu'en testant que tu le pourras. Cela ne nous fait pas perdre de temps car si tu commettais une erreur, tu la transformerais en leçon et tu ne la reproduirais plus. Et c'est ainsi que l'on apprends, que l'on grandit et que l'on se forge un caractère, un tempérament et un comportement digne de ce nom.

Sila ne répondit rien, elle n'avait pas l'habitude de s'entendre dire ce genre de propos.

Javelette prit la parole : "Ils ont raison, cela dit, maintenant que l'on sait que les ancêtres de Spectro étaient les parents de Ligotor, est-ce que cela veut dire que Spectro n'est pas celui que l'on croyait ?"

Sila : Je n'en sais rien. Mais si ça se trouve, ils ne sont plus là. On y va de toute façon, on verra bien.

Charioton volait vite, ils arrivèrent quelques minutes plus tard. Ils descendirent et se précipitèrent vers la cabane douillette dans laquelle ils étaient quelques temps plus tôt. Ils ouvrirent la porte et retrouvèrent tous les anciens arcs-en-rêves ainsi que Spectro. Ce dernier en la revoyant lui dit : "Je suis tellement désolé pour l'autre fois, j'aurais dû t'accompagner. Est-ce que je peux repartir avec toi ?"

Sila : Je ne sais pas. J'ai beaucoup de choses à te raconter avant tout.

Et elle commença son rapport, Spectro demeura bouche bée tout du long, il aurait pu gober des mouches s'il y en avait eu. Javelette ajouta : "Pourquoi les tiens ne parlent pas ? Pourquoi ne bougent-ils pas ?"

Spectro : Parce qu'ils sont morts.

Sila le dévisagea étonnée et finit par lui dire : "Je ne comprends pas, comment ça ils sont morts ?"

Spectro : Oui, ils se sont desséchés lorsque, sans doute, tu as démasqué Limbes et Ramille. Nous parlions tranquillement et d'une seconde à l'autre, je les vis se décomposer, se dessécher et disparaitre. À ce moment-là, j'ai compris qu'il s'était passé quelque chose. En fait, je pense que toute ma famille a été décimée, si ça se trouve, il n'y a plus personne d'entre eux. Et je suis peut-être le dernier.

Sila : Mais, s'était-il passé quelque chose d'étrange pendant notre absence ?

Spectro : Oui, ils se contredisaient tout le temps, ils ont tenté de me recruter mais j'ai reconnu la méthode de Ligotor et je me suis méfié. Pour ne pas me faire repérer, j'ai continué à discuter avec eux mais en gardant mes distances. Je suis tellement désolé de ne pas t'avoir suivi, si j'avais su…

Sila lui répondit : "Je suis désolée pour toi que tous les tiens aient disparus. Nous les vengerons."

Elle fit demi-tour et aller repartir, il la rattrapa et lui dit : "Attends-moi, je viens avec toi."

Javelette : Non, tu vas rester ici.

Ils furent rejoints par Anstrion, Bériot, Amayeur, Craniaque, Bastre, Margent, Asuel, Mémalot, Asmité et Luniaque. Ces derniers l'attrapèrent et le maintinrent immobile. Spectro hurla : "Mais que se passe-t-il ?"

Sila sortit son lucre, l'ouvrit et attrapa l'aiguille et le crochet qu'elle appuya sur le front de ce dernier. Il poussa un cri strident et se métamorphosa instantanément en...Ligotor !

Sila le regarda et lui dit : "Toi, tu vas venir avec moi, nous allons aller rendre une petite visite à l'autre

Ligotor… Ainsi, il verra que je ne mentais pas lorsque je lui disais que vous tentiez de le doubler."

Les amis en verre l'attrapèrent, sans qu'il ne puisse s'échapper et l'emmenèrent auprès de Voussure et l'autre Ligotor.

19

Voussure avait été détaché par des margotins qui avaient eu pitié de lui. Il avait reçu quelques soins rapides. Il ne comprenait pas du tout ce qu'il s'était passé et ce qu'on lui reprochait.

Ligotor avait quitté son monde, son siège depuis quelques jours, personne ne l'avait plus revu. Personne ne savait s'il reviendrait.

Lorsque Sila et ses compagnons atterrirent sur les lieux, les margotins délaissés hallucinèrent de revoir Javelette comme elle était jadis. Ils s'approchèrent et réclamèrent des explications qu'elle leur donna. Pendant ce temps-là, Sila se trouvait près de Voussure, elle poursuivit les soins des margotins comme elle l'avait fait un an avant avec Spectro. Enfin Ligotor, puisqu'il semblait que Spectro n'existait pas. C'était une histoire à dormir debout…

Alors qu'elle était en train de se relever, Voussure l'appela et lui dit : "Pourquoi m'aides-tu après ce que je t'ai fait ?"

Sila haussa les épaules et lui répondit : "Si j'étais comme vous, je me serais détournée, mais cela me rapprocherait de vous, hors je suis une personne gentille, j'aide quand je le peux."

Voussure : Je n'ai pas compris ce qu'il s'est passé, peux-tu m'expliquer ?

Sila lui expliqua en quelques mots les derniers éléments à sa disposition. Ce dernier écarquilla les yeux et dit : "Attends, mais moi je croyais vraiment être un arc-en-rêves, donc tout ça était faux ?"

Sila : Il semble. Ce que je ne comprends pas, en revanche, c'est pourquoi Spectro était en fait Ligotor. Et où est passé celui qui t'a mis dans cet état ? Et Limbes et Ramille ? Il y a trop de zones d'ombre, ça me dérange !

Voussure : Je regrette ce que je t'ai dit et mon comportement dans le labyrinthe et après aussi…

Sila : En fait, j'ai compris que tu étais issu du mauvais camps, c'est pour cela que tu avais été odieux avec moi.

C'est dans ta nature, après je pense que même si on est pourris de base, on doit pouvoir se contrôler et faire des choix judicieux pour soi-même mais aussi pour les autres. Enfin, c'est comme ça que j'ai tendance à raisonner…

Voussure : Que vas-tu faire maintenant ?

Sila : Je vais prendre possession des lieux avec mes compagnons de route, je vais questionner Ligotor alias Spectro, pour essayer de démêler le vrai du faux.

Voussure : Puis-je me joindre à vous ?

Sila : Je préfère éviter.

Elle le quitta rapidement, elle retourna auprès de Javelette et ses amis en verre. Ces derniers tenaient fermement ce second Ligotor. Sila s'approcha de très près et lui dit : "Je ne sais pas pourquoi, mais je pense que tu n'es pas celui que tu prétends."

Ligotor : Qui serais-je alors ?

Sila : Je n'en sais rien mais ce n'est pas logique que tu te fasses passer pour celui-ci. Il y en a assez d'un, inutile d'en rajouter un autre.

Elle colla son lucre contre lui et il hurla, il se transforma en très peu de temps, en plusieurs espèces différentes et finit par éclater de rire, il lui dit, alors qu'il changeait encore d'apparence : "Tu ne sauras jamais qui je suis, je suis là uniquement pour aider Limbes et Ramille à s'approprier la confiance des humains, par ton biais. Et cela a fonctionné !"

Sila : Je ne te crois pas, je ne t'ai pas dit un seul mot sur les humains, tu n'as pas réussi à me délier la langue, imposteur !

Ligotor/Spectro : J'en sais assez pour avoir permis à Limbes et Ramille de semer le chaos sur Terre. Le mal va s'accentuer de jour en jour, bientôt nous pourrons y régner complètement…

Sila : J'en doute.

Alors qu'ils se trouvaient au centre du siège du premier Ligotor, ils furent rejoints par ce dernier en personne qui hurla sur Sila : "Toi, la dormeuse, que fais-tu là ?"

Sila : Je te ramène un intrus qui se faisait passer pour toi, il avait l'apparence de Spectro et s'est dévoilé comme étant toi, grâce à mon lucre et ce qu'il contient, j'ai pu obtenir des réponses.

Le premier et seul Ligotor s'avança rapidement vers l'imposteur et lui asséna de grands coups dans la gueule, ce dernier se mit à rire et lui en demanda encore. Ligotor poursuivit encore un peu et lui demanda des explications : "Qui t'envoie ?"

Ligotor/Spectro : Ce sont tes parents bien entendu, tu es assez stupide pour t'être fait berner, ils tirent les ficelles à distance et tu n'es qu'un vulgaire pion dans le jeu. Dès qu'ils n'auront plus besoin de toi, ils te crameront.

Sila : Vous cramerez tous les deux à vrai dire, et bien avant que Limbes et Ramille ne se manifestent. Elle sortit son lucre, l'ouvrit en un clin d'œil et apposa l'aiguille et le crochet sur ses derniers, simultanément. En l'espace de quelques secondes, leurs tailles s'affaissèrent, leurs pouvoirs s'envolèrent et ils ne ressemblaient plus qu'à de vulgaires petites choses insignifiantes. Ligotor n'était plus qu'une petite allumette éteinte, ayant déjà servie et qui n'avait plus que ses yeux pour pleurer. Spectro/Ligotor avait retrouvé sa forme initiale qui n'était autre qu'une ridicule étincelle, qui ne produisait plus de chaleur ni de destruction mais du froid, du rien. Ils hurlèrent mais rien ne se passa. Sila les attrapa avec deux doigts et les assomma, puis, elle dit à Charioton : "Je pense que vous avez eu votre vengeance, non ?"

Celui-ci hocha la tête, il ajouta : "Je rêve de les voir tomber depuis très longtemps, c'était expéditif, c'était incroyable !"

Sila sourit, elle ajouta : "Je vais les jeter dans la Source, ramène-moi là-bas s'il-te-plaît, rapidement."

Charioton : C'est une bonne idée, cela te permettra de t'assurer qu'ils ne pourront plus jamais nuire.

Sila : Exactement.

Puis, elle se tourna vers Javelette et ses anciens margotins et leur dit : "Tiens, voilà, vous avez retrouvés votre véritable apparence, je vous souhaite une belle continuation, vous êtes enfin libres !"

Javelette : Je ne te remercierais jamais assez Sila. Je te suis fidèle, je reste à tes côtés.

Sila : D'accord. Ce sera avec plaisir. Je n'ai de toute façon pas l'intention de retourner vivre sur Terre. Je vais m'installer près de la Source, quand tout sera terminé.

Javelette : Excellente idée.

Sila : Je construirai une petite maison et y vivrais paisiblement. De toute façon, sur Terre, je n'avais pas d'ami·e·s. Ici, je vous ai vous.

Belmon : Oui, tu nous as nous et c'est suffisant. Allez, viens avec nous, on te ramène à la Source. Ils quittèrent rapidement ce lieu pour se débarrasser enfin des deux premiers ennemis.

20

Dès qu'arrivés à la Source, Sila attrapa les deux ennemis et les jeta dans l'eau. Elle ne se posa plus aucune question au sujet de Voussure. Elle avait éliminé toutes les menaces immédiates, sa tâche était terminée. Elle revint à la réalité en entendant hurler ces derniers. Elle les regardait se faire emporter par un immense tourbillon qui les aspiraient au centre de la terre.

La Source leur dit : "Deux de moins, bravo Sila. Tu es sur la bonne voie, il ne reste plus que d'attraper Limbes et Ramille."

Sila : Oui, effectivement. Le problème c'est que je ne sais pas du tout où ils peuvent se cacher…

Storitite : Nous avons une idée, ce n'est pas très loin d'ici.

Sila : Dans ce cas, allons-y.

Ils la devancèrent et marchèrent dans la direction opposée, elle les suivit ainsi que Javelette. Au bout d'une heure environ, ils quittèrent ce monde et découvrirent une passerelle miteuse et à moitié détruite sur laquelle, ils devaient absolument passés pour atteindre l'autre rive. Sila prit les devants et débuta la traversée. Elle manqua à plusieurs reprises de tomber, elle évita de regarder en bas. Elle se concentrait et priait fort. La passerelle se mit à bouger de droite et de gauche très fortement, ses compagnons et Javelette s'aperçurent que Limbes et Ramille récitaient des incantations pour la faire passer par-dessus bord.

Les animaux en verre contrebalancèrent leurs paroles par d'autres et équilibrèrent la passerelle, ce qui lui permit d'arriver de l'autre côté. Ramille ne l'entendit pas de cette oreille, alors que Sila leur faisait des gestes avec sa main et criait dans leur direction qu'elle les attendaient, elle se retrouva à tomber du haut de la falaise dans le trou béant remplit de serpent de mer et autres animaux en ferraille. Elle hurlait mais aucun de ses amis ne pouvaient la rattraper au vol, au risque de se retrouver en difficultés par la suite. Ils se vengeraient, ils tueraient Ramille et Limbes pour leur acte odieux. Ils passèrent avec beaucoup plus de facilité la passerelle qui, étrangement, ne menaçait pas de plier, de s'effondrer ou que sais-je encore. Arrivés de l'autre côté, ils foncèrent sur les deux ennemis et les neutralisèrent, les obligeant à ramener Sila parmi eux. Ces derniers riaient à gorge déployée, ils furent assommés par

Javelette qui leur dit : "Vous ne vous en sortirez pas vivants, je le jure. Nous nous vengerons pour tout le mal que vous avez fait partout et pour Sila, pauvre enfant qui doit être bien mal en point, à l'heure qu'il est."

Limbes : Qu'elle meurt ! Elle sera la première d'une longue liste, qu'importe !

Charioton lui donna alors des coups d'épée et de bec dans les yeux et les lui creva. Ce dernier hurla. C'était bien mérité.

21

Sila s'était écrasée sur un sol en verre qui était apparu miraculeusement, elle entendit un son familier lui dire : "N'aie pas peur, laisse-toi faire. Je vais te guérir et te ramener près des tiens."

Sila ne dit rien, elle avait mal partout et avait eu très peur. Non seulement pour le fait qu'on l'avait poussé pour qu'elle s'écrase mais aussi par la vision qu'elle avait en s'écrasant sur ce sol en verre, les animaux affamés qui n'auraient fait d'elle qu'une bouchée. Alors qu'elle était dans ses pensées, elle se sentit couler et emmener ailleurs, elle se laissa faire. Au début, elle ressentit de vives douleurs dans tous ses membres puis elle se sentit plus apaisée, ses tensions, frustrations, craintes disparaissant peu à peu. Elle était enveloppée par la Source qui était venue lui prêter main forte et la revivifier pour la suite de sa mission. Elle ne parlait pas et se laisser flotter tranquillement, laissant l'eau l'envelopper de ses bienfaits. Elle ferma les yeux et eut l'impression de s'endormir. C'était si calme, si relaxant et réconfortant. Elle y aurait passé tout son temps, si elle l'avait pu. Elle entendit une voix lui dire : "Réveille-toi Sila, tu es arrivée à destination, tu vas pouvoir reprendre là où tu en étais. Bon courage ! N'oublie pas tu n'es pas seule !"

Sila se redressa comme si de rien était, elle la remercia pour l'aide apportée et remonta sur la berge. Elle marcha un moment avant de réapparaitre auprès des siens qui demeuraient choqués de la revoir en forme. Javelette s'approcha et lui dit : "Mais comment ?"

Sila lui raconta alors ce qu'il lui était arrivée ainsi qu'à ses autres compagnons. Limbes et Ramille étaient fous de rage, ils pestaient littéralement contre elle.

Sila était, à présent, face à eux et leur dit : "Vous avez été lâches, même pas capable de m'affronter directement. Vous vous êtes sentis obligés de me jeter dans la fosse aux serpents de mer pour m'éliminer plutôt que d'affronter votre destin. C'est vraiment très petit !"

Limbes : Tu ne sais pas à qui tu as affaire. Nous sommes ici mais également partout...

Sila : J'en doute, je suis convaincue que si je vous extermine maintenant, vos autres vous disparaitront ailleurs et qu'il ne restera aucune trace de vous nulle part. Ainsi, va la vie. Ainsi, est la décision divine. Il ne peut exister deux ou trois "divinités". Seul Un existe, les autres ne lui arriveront jamais à la cheville. Vous avez tentés de semer le chaos en utilisant vos progénitures, en mentant, trompant, usurpant, volant, torturant mais la vie ne fonctionne pas ainsi. Alors bien sûr, il y aura toujours des personnes malveillantes, des personnes mal intentionnées, qui engendreront des catastrophes, des guerres, des disputes etc. Mais elles seront mortelles et un jour ou l'autre, elles finiront par quitter leur monde et elles ne nuiront plus. Vous avez fait votre temps dans les mondes, maintenant il est temps que vous cédiez votre place à de meilleures personnes pour tenter de rétablir un semblant d'ordre partout. Vous avez fait tellement de dégâts que je doute que cela se restaure rapidement mais j'y veillerais personnellement. Avec l'aide de Dieu, de la Source et de mes amis ci-présent, j'y parviendrais, du haut de mes onze ans.

Ramille ne supportait pas son discours, elle parvint à se rebeller et lui donna un coup de griffes sur le visage, qui la brûla intensément. Sila sentit des larmes montaient et tombaient. Le sol se mit à trembler, Sila en profita pour sortir son lucre et l'ouvrit à toute vitesse, elle leur plaça l'aiguille et le crochet, ils hurlèrent. Puis, ils furent emportés par la terre qui les engloutit, les faisant rejoindre les abîmes. La Source s'écria depuis sa place, là où elle avait laissé Sila rejoindre ses compagnons : "Viens vite me voir, que je te soigne !"

Sila la rejoignit et la remercia d'avance, elle se plongea entièrement dans l'eau qui la guérit en quelques minutes.

Elle la ramena vers son centre, là où tout commençait et tout se poursuivait. Là, où elle avait décidé de vivre. Elle fut rejointe par ses amis en verre et Javelette. Ces derniers avaient noués de vrais liens amicaux avec cette dernière et se sentaient prêts à revivre de nouvelles aventures à ses côtés.

Sila ressortit de la Source, en pleine forme et leur dit : "Avant de m'installer ici, j'ai deux ou trois petites choses à régler avant. Je voudrais devenir faiseuse de rêves pour que les humains puissent profiter d'un sommeil de qualité et qu'ils aient l'opportunité de partir à l'aventure en dormant. Au fait qu'est devenu Voussure ?"

La Source : Ton désir est généreux, tu pourras même intégrer une petite fiole de mon eau dans les rêves que tu fabriqueras, grâce à cette machine créée pour toi. Il te suffira que tu tournes la manivelle trois fois dans un sens et trois fois dans l'autre pour que les rêves s'envoient à chaque humain qui ira se coucher. Et comme la machine est passée par moi avant de t'être donnée, ils bénéficieront de mes bienfaits. Au moins, pour tous ceux et toutes celles qui auront de bonnes intentions. Les autres n'en ressentiront aucun avantage. Es-tu satisfaite ? Quant à Voussure, il a disparu en même temps que Ramille et Limbes.

Sila : Oui, je vais pouvoir m'installer. Javelette, Charioton, Belmon, Bériot et tous les autres, vous m'aidez ?

Ces derniers hochèrent la tête en souriant. Tous se mirent en quête de construire un solide abri, une petite maison agréable pour les contenir tous, en attendant de prochaines aventures !

FIN